Un été
pour la vie

CÉLINE ROUILLÉ

City
Poche

Du même auteur chez City Éditions

Demain, il fera beau, 2017. (Poche)
Demain n'attend pas, 2018. (Poche)
Il suffira d'un signe, 2018. (Poche)
On s'était donné rendez-vous, 2020. (Poche)

Couverture : Shutterstock/Studio City

ISBN : 978-2-8246-1918-7
Code Hachette : 71 0614 0

Collection dirigée par Christian English & Frédéric Thibaud.
Catalogue et manuscrits : city-editions.com

Dépôt légal : Août 2021

1

Lola

Le trajet entre la gare Saint-Charles et celle de Marne-la-Vallée est passé trop vite. Le ventre noué et l'esprit embrumé, le cou douloureux, j'ai dû sombrer dans un mauvais sommeil dès Aix-en-Provence. Pas le temps de me noyer une dernière fois dans ce bleu que je ne comptais pas revoir. L'arrivée dans la station RER m'a plongée dans une autre torpeur. Celle de la foule, dense, compacte, qui s'entassait dans la rame qui n'en finissait plus d'avancer vers Paris, et de curieux compagnons de fin de voyage. Des travailleurs de banlieue, indifférents, les paupières lasses et les épaules tombantes, les yeux dans le vague, ou concentrés sur leurs smartphones, côtoyaient des touristes de tous âges, couronnés d'oreilles de Mickey Mouse, comme si de rien n'était.

Je suis descendue gare de Lyon. En pilote automatique, j'ai pris la ligne 1, puis le tramway, jusqu'à arriver, enfin, ou déjà, place Rhin-et-Danube. Petite place toujours rieuse et colorée, avec ses deux terrasses de café-restaurant qui se font de l'œil à travers le rond-point fleuri. J'ai hésité à m'installer sur l'une d'entre elles, tiraillée entre l'envie de rentrer vite, et le désir de retarder encore le moment. J'ai fini par m'asseoir sur le banc qui est posé devant le Lavomatic, à côté d'une femme qui fumait cigarette sur cigarette, entre deux allers-retours aux sèche-linge. Face au parterre de fleurs qui orne le rond-point, j'ai pensé à Antonin. Pourquoi cette place s'appelle-t-elle « Rhin-et-Danube » ? Et pourquoi cette statue de femme qui a l'air de travailler aux champs est-elle posée ici, en plein Paris ? Nous nous étions promis de chercher. Nous ne l'avions jamais fait. J'ai eu envie de trouver la réponse dans l'instant en demandant à mon téléphone, puis j'ai renoncé. Oublier, effacer les souvenirs, ne pas remuer tout cela. Je me suis levée, j'ai remis mon sac en bandoulière, j'ai saisi la poignée de ma valise, et je me suis mise en route.

Je loue depuis cinq ans une maison hors du temps avec trois amies. Celle-ci est perchée en haut de la rue de la Fraternité, à l'intersection de la rue de la Solidarité et de celle de l'Égalité. Nous aimons notre habitation partagée autant que son adresse. Nous y entrons en poussant une grille vert foncé qui donne sur un petit jardin. Nous disposons chacune d'un étage. Au deuxième, le mien, nous pouvons, aux beaux jours, nous étendre sur des transats et paresser au soleil à l'abri des regards indiscrets, dans le calme du quartier d'Amérique. Nous devons ce luxe à l'une d'entre nous. La maison est dans sa famille depuis toujours.

En attendant qu'un oncle, un cousin ou un neveu ne rachète les parts des autres, nous sommes les locataires chanceuses de ce paradis.

Je suis partie il y a deux mois à peine, et je ne devais pas rentrer, pas tout de suite en tout cas. Il était convenu que mon étage soit loué à une collègue à partir de septembre. Nous ne sommes qu'au début du mois d'août, j'espère que mon retour ne suscitera pas trop d'embarras et qu'elle trouvera une autre solution. Je n'ai prévenu personne de mon arrivée. Je n'ai pas eu le temps de réfléchir. Je n'ai pas eu envie de réfléchir pour être plus précise. Je me trouve désormais devant la grille verte, et tandis que je m'apprête à la pousser, je me rends compte que je ne sais absolument pas ce que je vais raconter quand je serai face à elles.

2
Ethan

Elle m'a encore écrit un e-mail. Je ne l'ai pas lu. J'étais allé vérifier que le paiement de mes impôts en ligne avait bien été effectué, puisqu'on ne peut plus rien faire autrement qu'en allant se connecter. Juste en dessous de l'accusé de paiement de la Direction générale des finances publiques, il y avait son nom. Laurence. Je n'ai pas ouvert le message. C'est le troisième ce mois-ci. Les deux derniers concernaient notre fille, Charlotte, et une histoire de frais de dossier urgents à régler. Elle était un peu juste financièrement, la pension ne couvrait pas tout, et puis il y avait eu cette fête pour ses dix-huit ans, grandiose, c'est le mot qu'elle avait employé, grandiose, et donc un peu déraisonnable. Si je pouvais participer… Ce message-là attendra. J'ai l'herbe à tondre et la barrière à poncer, puis à repeindre.

La pelouse est parfaite cette année. Je ne regrette pas d'avoir retourné la terre l'automne dernier pour refaire complètement le gazon. Je contemple le résultat, satisfait, et je vais jeter un coup d'œil au jardin. La maison est la dernière du chemin, au-delà, c'est la forêt et la rivière. Le sol est riche, généreux avec tout ce qu'on y sème. Mon potager s'est agrandi d'année en année. Je peux désormais compter sur lui pour la plupart de mes légumes. Je passe distraitement la main sur les haricots, mes pensées sont tournées vers Laurence depuis que je suis sorti, vers Laurence, et ce nouvel e-mail qui attend que je le lise.

Elle est partie il y a huit ans maintenant. Il n'y a pas eu de pleurs ni de cris. Il n'y a pas eu de drame, d'aucune sorte. Elle est venue me parler, un dimanche matin comme celui-ci. J'étais plongé dans le rangement de la cabane à outils. Elle s'était approchée, enroulée dans un de ces châles de couleur très vive qu'elle affectionne particulièrement et dont elle ne se séparait jamais, ses cheveux blonds étaient attachés en queue-de-cheval. Je la revois comme si c'était la semaine dernière. J'avais senti sa présence malgré la discrétion de ses pas, et je m'étais retourné. Elle m'avait regardé avec son beau sourire, et j'avais pensé, encore à ce moment-là, que j'avais beaucoup de chance. Puis elle me l'avait dit. Avec un regard voilé d'une fine tristesse, elle m'avait dit qu'elle allait partir.

— J'ai emballé quelques affaires, je m'en vais Ethan.

Je crois que j'avais compris dans l'instant, mais j'avais quand même répondu :

— Tu vas où ? Je peux t'accompagner ?

Elle avait souri, encore, et je ne comprenais pas pourquoi ma femme me quittait en me souriant avec cette tendresse-là, car c'était bien de la tendresse que je lisais dans ses yeux, que je voulais lire dans ses yeux.

— Non, tu ne peux pas. Tu le sais bien, que tu ne peux pas. Le temps est venu que je m'en aille, c'est tout.

J'aurais voulu trouver les mots, poser les bonnes questions, la retenir avec tout ce que je pouvais lui donner, encore. Mais, j'avais juste demandé ce que j'allais pouvoir dire à Charlotte.

— Je l'appellerai bientôt. En attendant, je suis sûre que tu trouveras les mots.

Laurence était partie. Presque en silence. Parce qu'elle avait besoin de poser ses affaires ailleurs, de ne plus sentir les fourmis qui se multipliaient dans ses jambes à vivre depuis près de douze ans à la campagne. Elle voulait respirer un autre air, voir ce que la vie pouvait lui réserver. Je lui en ai voulu les premiers temps, de ne pas me laisser le choix, de ne pas me demander d'inventer notre famille ailleurs ensemble. Mais elle avait raison, je ne pouvais pas la suivre. Elle était aussi aérienne que j'étais terrien. Des années avant ce dimanche matin, elle était venue dans cette même cabane à outils couverte d'un de ses châles colorés, avec deux tasses de café sur un plateau. Nous nous étions installés sur le banc que je venais de finir de construire, et nous avions savouré lentement nos breuvages brûlants, les yeux face au jardin, nos deux corps se touchant à peine.

— J'ai l'impression que tu passeras tous tes dimanches matin dans ta cabane à outils, jusqu'à ce que l'âge te restreigne !

— Oui, sans doute. J'aime ce moment-là.

— Ethan, en hébreu, cela veut dire « constance ». Tu portes bien ton prénom. Tout en toi s'inscrit dans la durée et la stabilité.

— Et ton prénom, Laurence, il dit quoi ?

— Je ne sais pas. Mais il ne dit pas la même chose, c'est sûr.

Elle avait dit cela en riant, et puis elle s'était tue à nouveau.

— Tu te lasseras de me trouver dans ma cabane à outils tous les dimanches matin ?

— Non. Je me lasserai de cet endroit, de nos dimanches reposants et de nos habitudes sans improvisation.

— Et que se passera-t-il ?

— Je te dirai que j'ai envie de changer de vie, tu me diras que tu aimes bien celle-ci, j'essaierai de te convaincre, tu trouveras les mots, nous resterons ici. Tu me construiras un nouveau banc, tu m'achèteras une jolie robe, et nous resterons.

Je me rappelle encore le silence qui avait suivi, les mots planaient devant nous, entre les rosiers. Elle m'avait embrassé sur la joue et s'était levée.

— Et quelques années plus tard, j'aurai à nouveau envie de m'envoler, mais cette fois, je ne te demanderai pas de me suivre, je partirai, pour ne pas que tu me retiennes davantage.

Un dernier baiser, et elle était rentrée dans la maison, de son pas léger, presque dansant. Il n'y avait pas eu de première fois, elle était restée douze ans sans jamais me demander de partir avec elle. Je n'avais jamais oublié cette conversation sur le banc, mais j'avais espéré, les années passant, qu'elle avait changé d'avis. Pourtant, elle nous avait quittés. Elle était revenue régulièrement nous voir, voir Charlotte plutôt, et un jour, elle était repartie avec elle.

Je cueille machinalement une poignée de haricots, je les tiens dans la main, comme s'ils allaient me dire quoi faire maintenant. Je ne vais pas passer la journée à me demander ce que Laurence veut me dire, la barrière attendra quelques minutes encore.

Je rentre dans la maison, en pestant après la terre collante que j'ai rapportée sous mes semelles épaisses, sans y prendre garde. J'abandonne mes chaussures dans un coin et je me rends à l'étage. Je mets davantage de temps à mettre l'ordinateur en route qu'à lire le message qu'elle m'a adressé. À peine une phrase.

Besoin de te parler, nous passerons dans la semaine.

Faute de pouvoir en savoir plus (quand, dans la semaine ? Qui est ce « nous » ? Elle et Charlotte ? Ou bien seront-elles aussi accompagnées du « nouveau monsieur L. », avec lequel elles partagent une jolie maison en Vendée, du côté des Sables-d'Olonne ?), il ne sert à rien de répondre, et il est vain d'appeler, Laurence n'en dira pas plus.

3
Lola

Mes colocataires sont aussi mes collègues. Nous avons toutes les trois été « agents navigants » dans la même compagnie pendant plusieurs années. Seule Margot est toujours hôtesse de l'air. Carole et moi avons cessé les vols et nous comptons désormais parmi les nombreux « personnels au sol », comme si nous étions tombées, plaisante-t-elle quelquefois. Moins de voyages, moins de décalage, et l'ouverture à davantage de projets. J'ai demandé un congé sabbatique de six mois, encore une démarche sur laquelle il va falloir que je revienne, je ne pourrai pas me passer de salaire tout ce temps. Cette parenthèse devait me permettre de prendre mon envol, tout en m'assurant un retour possible, que je n'avais néanmoins pas sérieusement envisagé. Et pourtant…

Les fenêtres sont grandes ouvertes, j'entends une chanson familière s'en échapper, l'une de celles qui tournent en boucle depuis le début de l'été sur les radios. Être sur le pas de la porte me fait déjà du bien, je reviens à la réalité.

Je n'ai pas le temps de tourner la poignée que la porte s'ouvre en grand sur un éclat de Margot qui m'attrape dans ses bras après avoir crié dans son dos :

— C'est elle ! Je vous avais dit que c'était elle !

Je ne sais pas trop comment les choses se sont enchaînées par la suite, de quelle manière je me suis accroché les pieds dans la situation, mais tout est parti de travers.

Ça sentait le gâteau juste sorti du four dans tout le rez-de-chaussée. C'est l'espace de Margot, mais comme c'est aussi là que se trouve la cuisine, nous avons passé un nombre incalculable d'heures vautrées dans les coussins de son canapé d'angle. Dans le salon, il y a Carole, qui se lève déjà dans ma direction, avec un sourire immense qui lui barre le visage, et ses yeux qui pétillent d'une joie non feinte. Je devine une autre forme de dos, dans le petit fauteuil crapaud qui vient d'un vide-greniers du quartier. Mais la silhouette demeure assise, se penche un peu en avant, semble se raviser avant de se lever, puis finit par se mettre debout et se retourner. C'est Julia, l'amie à qui nous avons proposé mon logement à partir du mois prochain.

Je me laisse étreindre par Carole, et j'embrasse Julia à son tour. J'ai l'impression d'interrompre quelque chose, mais il me semble aussi que mon arrivée fait diversion au milieu d'une scène un peu lourde. Carole et Margot ne tarissent pas d'exclamations en tout genre sur mon teint. Il faut croire que les dernières nuits blanches n'ont pas entaché mon bronzage provençal.

— Assieds-toi, je vais te chercher une assiette ! T'es bronzée mais tu n'es pas épaisse, dis-moi ! Tu bosses trop, toi ! Deux rations de chocolat et chantilly par-dessus pour la peine !

— Juste le gâteau Margot s'il te plaît, j'en peux plus du chocolat et de la chantilly, à servir des crêpes à longueur de journée !

Je m'assieds et je regarde autour de moi, effet apaisant immédiat. Rien n'a changé, et cela fait du bien de se retrouver à la maison. Si je n'écoutais que moi, je monterais *illico* au deuxième, je viderais mes valises et je m'allongerais sur le lit pour dormir enfin quelques heures. Mais je sens qu'il me faut patienter encore un peu, le temps de goûter ce gâteau dont l'odeur en elle-même me console déjà un peu.

— Alors raconte ! Qu'est-ce que tu fais là ? T'es venue narguer les copines ? lance Carole.

Je ne suis pas prête encore, je suis bien pour la première fois depuis plusieurs jours, j'ai envie de faire comme si tout était normal, alors je ruse, pour différer les explications :

— Vous d'abord ! Racontez-moi l'été. La fête des trente ans, le vide-greniers de juillet, ta nouvelle collègue à l'aéroport, les voisins qui emménageaient quand je suis partie, je veux tout rattraper !

C'est Margot qui lance le bal, la bouche pleine, et qui se fend d'un éclat de rire en entendant ses propres mots ainsi déformés.

— Eh bien pendant que mademoiselle file le grand amour à Marseille entre deux crêpes à la chantilly, nous avons évité deux guerres de voisinage à cause de branches qui chatouillaient un peu les murs, nous avons essuyé un dégât des eaux, encore ! Et on nous a volé nos poubelles ! Par quel épisode tu veux qu'on commence ?

Elles racontent en canon, Margot commence une phrase, décrit les faits, et Carole mime les acteurs et illustre les scènes par de savantes et très réalistes pantomimes. Julia fait comme moi, elle s'exclame, elle savoure les récits, elle en demande encore. L'après-midi passe à toute vitesse, c'est déjà le soir, elles sortent la *plancha* qu'elles installent dehors.

— Tu restes dîner quand même ? Tu ne nous as rien dit encore. On parle, on parle, et on ne t'a même pas demandé ce qui nous valait cette visite surprise ! Une nouvelle à nous annoncer ? Déjà ? Comment ça se passe avec ton Antonin magique ?

J'ai le dos tourné quand Carole lance cette phrase et elle ne voit pas mon visage qui, sans doute, doit grimacer malgré lui. Je me tourne vers elle et je lui réponds sans réfléchir. Je suis tellement mieux depuis que je suis revenue, je n'ai pas envie que cela s'arrête.

— Pas de grande nouvelle à vous annoncer, non, pas encore tout au moins. Antonin va bien, il vous passe le bonjour.

Je n'en reviens pas d'avoir prononcé ces mots. Margot se rapproche un peu de moi. À l'abri des oreilles des filles qui sont en train d'installer le repas dehors, elle me confie que Julia est passée pour demander si elle pouvait s'installer un peu plus tôt que prévu. Elle vient de perdre son emploi, à peine deux semaines après sa rupture. Elle traverse des épreuves inédites. Elle a besoin d'un toit, c'est urgent, et de compagnie, ça serait bien aussi.

— On était en train d'en parler quand tu es arrivée, on allait t'appeler. L'un dans l'autre, pour toi, c'est bien aussi, elle prendrait le relais du loyer un mois plus tôt. C'est toujours ça !

Et sans reprendre son souffle, elle poursuit, sans remarquer le léger tremblement qui vient de me traverser :

— On est tellement contentes pour toi. C'est dommage qu'on n'ait pas eu le temps de faire plus connaissance avec ton beau brun ! On l'a aperçu quoi, deux fois ? Et l'appartement est comment alors ? Tu vois la mer ? Ça se passe toujours bien avec la famille là-bas ? Pas trop envahissante ? J'imagine que tu t'es baignée tout le mois dernier dans les calanques ? Tu as des photos ?

Je pourrais encore faire marche arrière à ce moment-là. Leur dire la vérité, que je suis revenue reprendre ma chambre, mon travail, et ma vie auprès d'elles, parce que non, rien ne s'est passé comme prévu. Je pourrais leur dire que ma toute nouvelle belle-famille a été vraiment très présente, un peu oppressante, que vivre avec Antonin valait bien quelques relations à apprivoiser, mais qu'il n'en est plus rien désormais. Je pourrais regarder Julia, lui dire que je suis désolée pour elle, mais que j'ai vraiment besoin de revenir, que je vais l'aider à retrouver un endroit dans le coin pour me faire pardonner mon revirement. J'ai dû marquer une ultime hésitation parce que je sens leurs trois paires d'yeux braquées sur moi, suspendues à mes lèvres, et les regards en alerte qui vont avec, comme si elles se doutaient que je n'allais pas répondre ce qui était prévu. La boule revient en force, je la chasse, je l'ignore, je la renvoie de toutes mes forces et je plonge dans le premier véritable mensonge de ma vie. Une farce, une mauvaise comédie. Cette maison a abrité tant de rires et de bons moments, elle a vu nos amitiés se souder, elle a accueilli tous les récits à rebondissements de nos jeunes vies. Et puis, entre ces murs, j'ai raconté Antonin, en chuchotant et en riant sous les couettes. Il est même venu ici, l'un des rares week-ends où les filles n'étaient pas là. Cette maison est celle des moments heureux. Il me semble qu'il serait déplacé qu'elle abrite une période de peine. Je veux la garder intacte, qu'elle ne soit pas le théâtre des jours sombres qui, forcément, m'attendent. Et j'ai peur aussi, qu'elle me rappelle sans cesse combien j'ai vécu légère et impatiente entre ces murs. Pourquoi mentir ? Aucune idée. C'est plus simple, il y a moins de discussions, ça prend moins de temps pour partir. Je veux juste profiter encore un peu.

— Je vais vous montrer toutes les photos que vous voulez les filles ! La vie là-bas est magique ! Je suis passée récupérer quelques affaires et ma voiture, et faire un saut chez mes parents avant qu'ils partent à nouveau en voyage je ne sais où ! Je peux quand même dormir là ce soir ? Je ne les ai pas prévenus non plus et j'ai un peu de route. Je vous avoue que je suis un peu vannée du voyage.

Bien sûr que je pouvais rester cette nuit, et même demain et après-demain. Bon, Julia avait posé quelques bricoles au deuxième, mais il y avait le canapé-lit chez Margot, et ça nous rappellerait les travaux quand nous avions refait toutes les peintures des étages et que ça avait empesté pendant des jours…

4

Ethan

Oui, j'aime la constance des choses. Elle me rassure et me rend fort en même temps. La vie devrait être faite ainsi. J'habite dans la maison où j'ai grandi, mes parents la louaient, et quand ils en sont partis et qu'elle a été mise en vente, je n'ai pas hésité une seconde. J'avais vingt-trois ans, j'avais fini mon apprentissage, obtenu le diplôme auquel je m'étais toujours préparé en travaillant en alternance dans l'entreprise qui m'emploie toujours aujourd'hui. J'ai choisi un métier qui ne subira normalement pas trop les assauts du temps et de la modernité galopante. Tout le monde aura toujours besoin d'un toit pour s'abriter. Je suis couvreur, je protège les foyers et je vis sous le ciel. J'aime la même femme depuis dix-neuf ans, même si la réciproque n'est plus vraie, je suis fidèle aux gens et à mes habitudes. Et je n'aime pas trop les imprévus.

Nous sommes mardi. Le mardi, je fais un détour par le marché avant de rejoindre le chantier, quel qu'il soit. J'y vais ce jour-là, car il y a moins de monde. Le week-end, les marchés sont pris d'assaut par les vacanciers. Le mardi, les producteurs des alentours sont là pour nous, les habitants à l'année de la campagne un peu reculée. Chaque semaine, je remplis deux sacs de courses. Un pour moi, et un pour Magali. C'est ma voisine. Elle travaille la nuit dans un hôpital, elle rentre à temps pour prendre le petit déjeuner avec ses deux filles avant de les emmener à l'école. Son mari a un travail compliqué, je n'ai pas trop compris. Il est sans cesse en déplacement, sur des missions longues. Sa mère habite avec elle, et garde un œil sur les petites la nuit. Le mardi après-midi, je lui dépose ses fruits de la semaine, elle me remercie avec une part de gratin dauphinois ou de hachis Parmentier qu'elle a déposée dans un Tupperware, et elle me rembourse. Dix euros. C'est le budget de la semaine. Je suis libre d'acheter ce que je veux avec, du moment que ça n'a pas voyagé en avion. En dehors de tout cela, je ne sais pas grand-chose sur elle. Nous entretenons des relations de bon voisinage comme on dit. Nous ne sommes pas vraiment amis, mais nous pouvons compter l'un sur l'autre.

Quand j'arrive au bout de l'impasse, je ne peux pas me garer devant chez moi. Il y a une Clio jaune citron qui est garée devant. Je peste intérieurement et je fais marche arrière. Je descends déposer le sac chez Magali mais elle ne répond pas, je le laisse au pied de la porte et je rentre chez moi.

Cette voiture m'intrigue. J'ai pensé un instant que ce pouvait être celle de Laurence, mais ce n'est pas vraiment son genre de voyager dans un véhicule si voyant. Et puis, où serait-elle allée ? La nuit tombe et la voiture est toujours là. Je jette un coup d'œil par la fenêtre régulièrement. La lumière s'est allumée en face, dans la maison de Magali, mais en dehors de cela, c'est le calme plat.

J'ai dû m'assoupir devant la page des sports du journal. Une manière pour moi de choisir le moment où je veux me tenir informé de ce qui se passe dans le monde et dans la région. Je n'ai jamais fait réparer le poste de télévision, et je renouvelle chaque année mes abonnements à mes quotidiens favoris. Laurence, encore elle, tellement présente à nouveau depuis cet e-mail énigmatique, se moquait de moi. Elle disait que je n'étais Décidément pas un homme du XXIe siècle, à me cramponner ainsi aux nouvelles imprimées sur papier, plutôt que de relever l'actualité sur n'importe quel écran. J'ai dû m'assoupir donc, parce que le bruit de la sonnette me fait sursauter. Je suis sur le fauteuil, le journal ouvert sur mes genoux. Il n'est pas encore vingt-deux heures mais je ne peux empêcher ma gorge de se serrer. Personne ne vient jamais chez moi si tard. Peu de monde vient chez moi, en général. J'ouvre la porte et je tombe sur la dernière personne que je m'attendais à voir. Elle a changé. Je ne l'ai pas vue depuis près de deux ans. Je lui trouve le visage creux et les yeux tristes, délavés, malgré le sourire qu'elle affiche quand nos regards se croisent. Ma sœur, ma petite sœur, qui doit se trouver dans une drôle de situation pour venir frapper à la porte de son frère démodé et ennuyeux. Mais qu'est-il arrivé à ma petite hôtesse de l'air ?

5
Lola

Je suis arrivée à Tours vers seize heures. Je ne pouvais plus jouer la comédie, ça commençait à me faire trop mal de mentir. J'ai pris les quelques affaires que j'avais déjà préparées avant de descendre à Marseille au début de l'été. J'ai descendu le reste à la cave et j'ai chargé tout ce que j'ai pu dans la voiture. Les au revoir ont été l'ultime épreuve. Margot m'a lancé un « tu es sûre ? Tout va bien ? », les stigmates de cette nouvelle nuit agitée me trahissaient un peu sans doute. Je l'ai rassurée.

— C'est quand même quelque chose de quitter tout ça.

— Tu reviens quand tu veux, et nous allons descendre te voir. C'est quoi ton adresse ?

— Je te l'envoie par SMS, promis. À part l'arrondissement, je ne m'en souviens jamais, un nom à rallonge imprononçable !

J'ai même réussi à rire de ce dernier mensonge, avant de l'embrasser, et de courir me réfugier derrière le volant.

Depuis Tours, il y a vingt minutes à peine pour arriver au village où mon frère joue à l'ermite depuis toujours. Enfin, le village, c'est une façon de dire… Veigné compte quand même plus de six mille habitants, et s'étend sur trente kilomètres carrés, mais en dehors de l'été, il semble endormi et à l'écart d'à peu près tout. J'ai filé sur l'autoroute A 10 en sortant de Paris, et j'ai bifurqué par habitude. Je n'avais jamais eu l'intention d'aller voir mes parents, j'ignore même s'ils sont en France en ce moment, mais je n'avais pas davantage prévu d'aller retrouver mon frère. J'ai besoin d'un endroit pour me poser, et je n'ai pas le compte en banque suffisamment garni pour m'offrir un hôtel. J'ai besoin d'être seule et j'en ai un peu peur aussi. Ethan est exactement la compagnie appropriée. Il ne posera aucune question, il m'ouvrira la porte, m'aidera à décharger mes affaires, et me dira de choisir la chambre qui me convient.

J'ai quand même traîné un peu avant d'aller sonner à sa porte. Il n'était pas rentré quand je suis arrivée au bout de l'impasse. Je suis allée marcher le long du Bourdin, cet affluent fluet de l'Indre qui court au bout du jardin. Je me suis enfoncée dans la forêt, je me suis laissée étourdir par la densité des chênes et les craquements du sous-bois. Je crois que j'ai aperçu un chevreuil, mais il s'est vite sauvé. Quand la lumière a commencé à sérieusement baisser, j'ai rebroussé chemin. J'ai sonné à la porte. Mes pieds ont buté sur quelque chose posé au sol. Je me suis baissée pour l'attraper et il m'a ouvert juste quand je me redressais.

— Lola.

— Tiens, il y avait cela par terre. On dirait un plat préparé, un truc maison.

Il me l'a pris des mains comme si c'était tout naturel de récupérer un repas sur le pas de sa porte.

— C'est ta voiture, le citron garé devant ?

— Hein ? Euh, oui, c'est ma voiture.

— Donne-moi tes clés, je vais vider tes affaires. Pendant ce temps-là, choisis ta chambre.

Ethan, l'homme le plus prévisible de toute la terre.

Je lui donne mes clés et je le laisse faire. Il a sans doute repéré ma voiture quand il est rentré et je l'imagine en avoir fait le tour pour en inspecter le contenu à travers les vitres. Je traverse la grande pièce, sobre et confortable, et je me dirige vers la chambre bleue, la seule en rez-de-chaussée. Il y a trois autres chambres à l'étage. L'une est celle de mon frère, la seconde a été celle de Charlotte, sa fille, quand elle habitait ici, et la dernière fut même la mienne un temps, il y a un siècle. La chambre bleue est une ancienne réserve. Ethan l'a transformée en une sorte de bureau et a créé une porte-fenêtre qui permet d'accéder au jardin. C'est la pièce que je préfère. Elle n'est entachée d'aucune nostalgie puisqu'elle n'existait pas quand nous habitions tous ensemble. J'ouvre la fenêtre et je m'allonge sur le lit. Le silence, enfin.

Je n'ai aucune idée de l'heure, mais j'ai l'impression qu'Ethan tarde à revenir à l'intérieur. Il ne serait quand même pas allé se coucher sans dire un mot… Je tends l'oreille et je perçois des voix, la sienne, et celle d'une femme. Le ton monte un peu, la femme semble agacée, elle parle vite, sa voix est aiguë, et puis plus rien. Je me lève. De l'entrée de la chambre, j'entends distinctement une porte qui claque, puis une voiture qui démarre et qui s'éloigne. Et le silence à nouveau…

Il est debout dans le salon. Il regarde les escaliers en hauteur, comme s'il guettait quelqu'un. Et effectivement, je perçois des pas à l'étage. Au sol, il y a mes bagages en désordre, une valise qui ne m'appartient pas, et une guitare dont l'étui ne m'est pas inconnu.

— Charlotte est là ?

— Oui.

— C'était prévu ?

— Non.

— Et Laurence ?

— Laurence, elle n'est même pas entrée dans la maison.

C'est la première fois que je crois déceler une émotion sur son visage depuis que je suis arrivée. Il a l'air triste à cette idée. Cela fait huit ans que cette femme l'a quitté, mais le temps n'a aucune prise sur l'effet qu'elle produit sur lui. Il redresse la tête et se tourne vers moi.

— Tu as dîné ? Je te fais un plateau ?

— Ok.

Je le suis dans la cuisine. Mon frère a indéniablement du talent dans l'agencement des pièces et le choix du mobilier. Tout est classique, pratique et élégant, même dans la cuisine. Je me tiens près du plan de travail, je le regarde poser une assiette, couper du pain, sortir de la salade et la recouvrir d'une sauce qu'il a dû préparer pour plusieurs jours, dans un grand bocal.

— Et ça, tu ne le manges pas ? je lui demande en désignant le Tupperware que nous avons échangé un peu plus tôt.

— Lasagnes. Je ne mange plus de viande.

— Tu te fais livrer des plats que tu ne goûtes pas ? T'en fais quoi ?

— C'est compliqué. Et Belle aime beaucoup.

Belle, c'est la chienne. Elle se fait vieille car elle n'a pas bougé du tapis du salon et je ne l'ai pas entendue depuis que je suis rentrée.

— Mais si ça te tente, je te le réchauffe.

— Non, non.

— Un œuf au plat ?

— Ok.

Nos dialogues sont épurés au maximum. Je mange en silence. Il se fait un café. Quand j'ai fini mon assiette, je la passe sous l'eau et je le regarde.

— Charlotte ne descend pas ?

— Je ne sais pas.

— Bon, je vais aller dormir.

— Tu connais la maison, prends ce que tu veux.

Je pense que cela va aller en fait. Quand je me couche, je prends mon cahier à dessins et je commence à écrire à Antonin. C'est agréable. Les mots coulent tout seul, ils libèrent quelque chose, je suis moins serrée à l'intérieur. Cela ne va pas être si terrible que cela si je peux lui dire ce que j'ai sur le cœur. Je m'endors vite après cela, et en dehors de quelques rêves étranges, un téléphone qui sonne de manière stridente, un camion de pompiers qui hurle dans la nuit, la sonnette qui résonne comme lors de mon arrivée, des voix d'enfants que mon inconscient est allé chercher je ne sais où, la nuit est à peu près calme. En tout cas, je ne me réveille pas, et cela fait plusieurs jours que cela ne s'était pas produit.

6

Ethan

Laurence a fait son apparition tandis que je vidais le citron de Lola. C'est allé très vite, je n'ai pas vraiment eu le temps de comprendre ce qui se passait. La voiture s'est garée à moins d'un mètre de moi. J'avais déjà sorti deux valises et j'avais les bras chargés de deux sacs à fleurs très vives, qui n'étaient pas du goût le plus sûr qui soit. Les phares se sont éteints, et avant même que la portière côté conducteur ne s'ouvre, ma fille Charlotte est sortie en trombe et a filé dans la maison, l'air en colère, sans même m'adresser un regard. Puis Laurence est apparue à son tour, et elle l'a suivie des yeux jusqu'à ce qu'elle disparaisse, tout en laissant la porte grande ouverte.

— Tu pourrais dire au revoir quand même ?! a-t-elle lancé juste avant que la porte ne claque, puis ne se rouvre, sur ma fille dans tous ses états.

— Au revoir ?! Parce que tu crois que j'ai envie de te revoir ?!

— Charlotte, qu'est-ce qui te prends de parler comme ça à ta mère ?

Elle m'a regardé. J'ai lu une seconde de confusion dans ses yeux, un éclair penaud, qu'elle a vite chassé, beaucoup trop vite, avec la flèche suivante :

— Une mère n'agit pas comme elle fait ! Une mère a des priorités qui ne laissent pas son enfant sur le côté.

— Mais je ne te…

Laurence s'est arrêtée avant de finir sa phrase. Laurence ne pleure jamais. Laurence ne crie jamais. Pourtant, je l'ai sentie toute proche de craquer. Je me suis approché de Charlotte, sans mouvement brusque, de crainte de soulever une nouvelle bourrasque et, le plus doucement possible, j'ai tenté de la ramener à des manières plus civilisées.

— Ce n'est certainement pas la bonne façon de s'expliquer. Va prendre un verre d'eau à l'intérieur et on te rejoint.

Elle a haussé les épaules et a disparu à nouveau. Laurence était toujours debout, la portière ouverte, les yeux tournés vers la maison où la silhouette de notre fille venait de s'engouffrer, les épaules basses et la colère au ventre, avec toute la rage dont ses dix-huit ans étaient capables.

— Je repasserai dans une semaine, je t'appellerai dans quelques jours.

— Tu ne vas pas repartir directement ? Tu as fait une longue route, reste un peu, dors ici cette nuit ?

— Impossible. C'est trop électrique entre elle et moi.

— Que s'est-il passé ?

— Elle a vraiment un caractère impossible, et une poussée d'égocentrisme. Être au vert et prendre un peu de recul la fera réfléchir. J'espère.

Elle allait partir, je l'ai senti. Je ne savais pas quoi faire pour la retenir encore quelques minutes.

— Et toi ? Comment tu vas ?

Elle a souri. Je n'ai pas pu m'empêcher de la trouver toujours aussi belle, malgré ses yeux tristes, comme jamais je ne les avais vus.

— Un caractère impossible et une poussée d'égocentrisme, il faut croire.

— Je suis sûre que non. Tu es sûre que…

— Non, merci Ethan. Je te prends au dépourvu, je le sais bien. Je voulais venir demain, en fin d'après-midi, mais tout a dégénéré. Ce n'était plus tenable. Tu sauras mieux l'apprivoiser que n'importe qui en ce moment. Mais je suis désolée, ça risque de ne pas être un long fleuve tranquille.

Elle a fini sa phrase en se réinstallant derrière le volant. Ses mots volaient encore entre nous quand elle a mis le contact et qu'elle est repartie en trombe, en faisant gronder le moteur.

Charlotte a disparu, sans doute à l'étage si j'en crois les indices semés en direction des escaliers : sa veste sur une chaise, ses chaussures deux mètres plus loin, à bonne distance l'une de l'autre bien sûr, et son éternelle casquette sur la première marche. Je devine ses pas là-haut, dans sa chambre. J'étais en train de regrouper les affaires de Lola que j'avais dispersées rapidement dans l'entrée quand elle a émergé de la chambre bleue. Je sortais à peine de la tornade de Charlotte. La tristesse de ma sœur m'a d'autant plus sauté aux yeux. Pourquoi ne pleurait-elle pas, ma Lola ? Elle avait toujours tout fait en entier, rire, pleurer, s'enthousiasmer, se fâcher. Cette fois, elle avait juste l'air triste. Et les yeux secs.

Je l'ai laissée venir. Elle n'a rien laissé transparaître. Elle a dîné debout dans la cuisine et est allée se coucher. J'allais faire de même, j'ai traîné un peu dans le salon et puis je suis monté. Il n'y avait pas de lumière sous la porte de la chambre de Charlotte, alors je n'ai pas frappé, et j'ai rejoint la mienne. Je cherchais le sommeil depuis un moment, quand le téléphone s'est mis à sonner. Ça n'allait donc pas s'arrêter ce soir. J'ai mis quelques secondes avant de comprendre qu'il s'agissait de Magali, ma voisine. Elle était à la fois confuse et paniquée. J'ai fini par comprendre qu'elle m'appelait du travail, que sa mère avait téléphoné, qu'elle était tombée et que les pompiers étaient en route. Est-ce que je pouvais prendre ses deux petites pour la nuit, pour qu'elle puisse être aux côtés de sa mère ?

Tout cela s'est passé il y a une heure à peine. Les deux filles sont arrivées une demi-heure plus tard, accompagnées par Magali. Elle m'a donné un petit sac à dos et elle les a couchées dans la dernière chambre de libre à l'étage. Elles n'ont pas semblé trop perturbées à l'idée de passer la nuit ici, et se sont endormies rapidement.

Pour quelqu'un qui n'aime pas l'imprévu… J'ai l'impression que ma routine réconfortante va prendre un sérieux coup dans l'aile.

7

Lola

J'ouvre les yeux et pendant un court instant, je ne me rappelle pas où je suis. Les rayons du soleil sont déjà vifs, ils me chauffent le visage. Je n'ai pas fermé les volets hier soir. Toujours allongée, je découvre le jardin et son parterre de fleurs nimbé d'une lumière vive.

La chape de plomb me retombe brutalement sur les épaules. Je me lève pour ne pas qu'elle m'assomme, et je sors sans tarder de la chambre. Il y a deux portes avant le salon, la première donne sur un couloir qui dessert la salle de bains et les toilettes du rez-de-chaussée, la seconde permet d'accéder à la cuisine semi-ouverte, au salon et à la salle à manger. Il me faut encore quelques secondes pour me remettre au bon endroit. Charlotte est là, en jogging, les cheveux défaits, pieds nus, avec deux petites filles qui n'ont pas dix ans, blotties comme des chatons contre elle, hypnotisées par l'écran de l'ordinateur qui émet des dialogues aigus et une musique étourdissante. La plus jeune doit avoir cinq ou six ans, elle est très brune, et la plus grande, huit ou neuf ans. Elle a des cheveux plus clairs, elle est presque rousse, et son visage a l'air déjà plus sérieux. Les deux enfants ne me remarquent pas, ou font tout comme… J'ai commencé à raccourcir le prénom de ma nièce de bonne heure. À cause de ses yeux verts et perçants, et plus tard, de sa manière de se mettre en mouvement, toujours très féline. Je l'ai presque toujours appelée Cha. J'ai conservé l'orthographe phonétique de la première fois où elle l'avait écrit toute seule. Mon frère n'aime pas du tout, et quand j'y pense, en sa présence, j'essaie de la nommer avec toutes ses lettres. Cha lève la tête, et me sourit avec un air qui me laisse à penser que je suis une bonne surprise.

Je hausse les sourcils sans prononcer un mot, pour ne pas briser ce moment. Elle me répond en levant les épaules, et Ethan apparaît à ce moment-là.

— Les enfants ne font plus la grasse matinée à notre époque ? lance-t-il à la cantonade, sans qu'on puisse deviner s'il nous inclut, Cha et moi, ni s'il plaisante, ou s'il est contrarié de voir tout ce petit monde dans sa maison.

Il ne semble pas disposé à m'expliquer la présence des deux petites chez lui. Alors, tout en l'aidant à finir de préparer la table (il est revenu de la boulangerie avec des viennoiseries pour quinze), je me mets en quête de réponses sans parler trop fort :

— Tu as fait des enfants et tu as oublié de nous en parler ?

— Ce sont les filles de Magali, ma voisine.

— Ta voisine Tupperware ?

— Oui.

— Et elle est où ?

Il ne répond pas. Il est absorbé par le dressage des croissants et des pains au chocolat, un sur deux, installés au degré près pour respecter la géométrie en place. Je le regarde et je le trouve changé.

Mon frère a toujours été ce qu'on appelle un bel homme. Je n'ai pas d'image de lui enfant, en dehors des photos. Nos douze ans d'écart ne nous ont pas permis de construire des souvenirs d'enfance. Adolescent, il avait déjà ce regard droit et décidé. Il était le seul à avoir à peu près la tête froide dans la famille. Ce qui exaspérait un peu les parents. Nous étions une famille de l'imprévu. Les invitations, les fêtes, les vacances, nos parents s'étaient comme lancé le défi de toujours tout proposer au dernier moment. On ne faisait pas de liste de courses, et le maître mot était « on verra bien ». Pourtant, on oubliait rarement quelque chose en revenant du supermarché, et les campings sur lesquels nous posions les tentes remplissaient toujours tous nos critères. Ce qui entretenait encore la légende, vivre au présent, réagir au hasard, et profiter du résultat. Pourquoi perdre du temps à imaginer les complications ? Si elles venaient à surgir, on aviserait. Ethan n'aimait pas cela. Il détestait plus que tout avoir à gérer un imprévu. Il allait à la bibliothèque tous les mercredis après-midi, à ses entraînements de judo le mardi et le samedi, et était seul la plupart du temps. En dehors de la traditionnelle semaine de camping en famille chaque été, je ne crois pas qu'il ait jamais voyagé… Ce regard droit et décidé est peut-être le fruit de la volonté qu'il a eue de tenir bon sur ses habitudes.

Ce n'est pas son visage qui a changé, il a les premières rides de la quarantaine bien sûr, et les traits plus marqués, mais ses cheveux bruns sont encore épargnés de tout fil argenté, et sa manière de vivre le garde en forme. Non, ce qui a changé, c'est qu'il ne semble pas « sur ses gardes ». J'ai toujours eu l'impression qu'Ethan vivait sur le qui-vive, en alerte. Mais là, ce matin, je le vois différemment. Il a l'air calme et posé.

Comme il n'a pas prononcé un mot, j'imagine qu'il a oublié ma question, j'insiste :

— Leur mère, Ethan, elle est où ?

Cette fois, il me répond, sans toutefois relever la tête, comme si sa composition de viennoiseries allait s'écrouler s'il la lâchait des yeux :

— À l'hôpital je présume. Sa mère, la grand-mère des petites, a eu un souci cette nuit.

— Tu les gardes souvent ?

— C'est la première fois.

— Eh bien…

Je ne trouve rien d'autre à dire. Je ne sais pas ce qui m'étonne le plus. Si c'est la confiance que cette femme lui accorde pour s'occuper de ses enfants, ou si c'est le fait qu'il ait accepté de le faire, au risque de voir son petit train-train bousculé, les miettes, les cris, le désordre, tout ce qu'il déteste.

— Vous vous connaissez bien ? Elle habite là depuis longtemps ?

Il me regarde cette fois. Il semble peser la réponse qu'il va me faire. Il fait tout le temps cela, réfléchir avant de répondre. Tout le contraire de moi qui parle toujours trop vite.

— Pas tellement, non. On se rend des petits services. Son mari et elle ont emménagé ici il y a un peu plus de trois ans.

— Et son mari ?

— Est souvent absent. Il faut croire qu'il l'est en ce moment en tout cas.

Sa dernière réplique ressemble à la fin d'une conversation. Je n'insiste pas. Il regarde la table, satisfait, et jette un coup d'œil au canapé sans prononcer un mot.

— Si tu ne leur dis pas de venir, elles vont rester devant l'écran encore quelques heures, tu sais ?

— Je sais. C'est pour ça que j'hésite.

Je rêve. Mon frère vient de plaisanter. Oui, Décidément, il y a quelque chose de changé en lui.

À partir de ce petit déjeuner, c'est comme si nous plongions tous les cinq dans un quotidien parallèle à nos vies quotidiennes. Une manière d'être ensemble et de se découvrir en même temps, sans être reliés à nos histoires individuelles et à ce que nous traversons.

Les yeux d'Ethan s'empêchent de fureter sur le chocolat au lait qui déborde des bols et sur les copeaux de pâte feuilletée qui s'éparpillent au sol. Il apporte des assiettes, propose de poser la nourriture dessus plutôt que directement sur la table, pour éviter « d'en mettre partout », mais il se retient pour plein d'autres choses, je le vois bien. Cha est incroyable avec les petites. Elle lance des sujets qui trouvent tous un écho enthousiaste chez elles. Elle ne parle pas d'école, ou de ce qu'elles voudraient faire plus tard, non, elle parle d'aventurières, d'expériences scientifiques, de voyages dans le futur, d'animaux fantastiques, de gâteaux à douze étages… À moi, elle continue de lancer des coups d'œil rieurs et un peu énigmatiques. Il n'y a qu'avec son père qu'elle conserve un visage neutre, et néanmoins non hostile.

Aucun d'entre nous ne connaît la raison de la présence de l'autre, et les moments où nous pourrions en parler librement ne sont pas saisis. Nous n'avons pas envie d'autre chose que d'expérimenter le moment présent, c'est en tout cas l'impression que j'ai.

Quand les filles partent à la salle de bains, Cha les accompagne. Ethan m'annonce qu'il a un aller-retour à faire, sans m'en dire plus, et me demande de bien veiller sur tout le monde pendant une petite heure. Je me retrouve seule dans la grande pièce. J'entends des cris joyeux s'échapper de la salle de bains et je vois Cha qui en revient, les cheveux et son tee-shirt trempés. Elle traverse de son pas agile et sautillant le salon pour rejoindre l'étage.

— Elles m'ont eue ! Rapides et vives, les petites ! Ça te dit qu'on les emmène à la piscine tout à l'heure ?

Je hoche la tête mais elle s'est déjà envolée. La piscine, oui, pourquoi pas ? Mais elles seront peut-être reparties « tout à l'heure », j'ai eu envie d'ajouter. Cha ne semble pas se poser de question sur la présence de ces deux enfants, et agit comme si elles occupaient habituellement la maison.

La sonnette retentit. Ethan a dû oublier ses clés, il n'y a pas de poignée extérieure sur cette porte. Je vais ouvrir mais ce n'est pas lui. Une femme est là. Aussi surprise que moi vraisemblablement. Elle me dit qu'elle est la maman de Sophie et Juliette, et je me dis que ces prénoms leur vont bien. J'ouvre la porte complètement et lui cède le passage.

— Alors vous êtes Magali ?

— Oui.

— Entrez, elles ne devraient pas tarder à sortir de la salle de bains.

On se retrouve toutes les deux dans le salon. Je lui propose un café, elle accepte, et cela m'arrange bien d'avoir quelque chose à faire parce que je ne sais pas trop quoi lui raconter. Cha ne semble pas décidée à venir me prêter main-forte, et les deux sœurs prennent décidément tout leur temps.

Quand je reviens, Magali est en train de débarrasser la table.

— On vous a donné du travail, je suis désolée.

— Laissez tout cela, nous le ferons plus tard. Tenez, votre café.

Elle prend la tasse et la porte à ses lèvres, puis suspend son geste comme si une idée la traversait brusquement. Elle a les yeux tournés vers le plafond, un peu dans le vague, et la tasse à dix centimètres de son visage.

— Ethan n'est pas là ? demande-t-elle en revenant à elle et en me regardant cette fois.

— Il m'a dit qu'il partait une petite heure. Vous voulez qu'on l'appelle ?

— Non, ne le dérangez pas.

Elle marque des petits silences avant chacune de ses phrases. Comme mon frère. Nous buvons notre café sans rien ajouter et je l'observe discrètement. Elle est plus âgée que moi, mais pas tellement. Elle a surtout l'air épuisé. Son visage est agréable, elle dégage beaucoup de douceur et de sympathie. Un grand front, que ses cheveux ramenés en un chignon, que je devine fait à la va-vite, dégagent bien, des yeux sombres, en amande, encadrés par de fins sourcils, et un visage tout en rondeur, un peu enfantin, donnent cette impression. Elle est très brune, elle a le teint mat, comme la cadette de ses filles.

— Je vais peut-être aller voir ce qu'elles fabriquent, dit-elle en posant sa tasse. Si cela ne vous ennuie pas ? J'ai pas mal de choses à organiser…

— C'est juste là, derrière cette porte au fond de la cuisine.

Elle se lève et les appelle. On entend « On arriiiive », en écho. Elle reste debout, face à la baie vitrée, devant le jardin. Je ne sais pas pourquoi j'ajoute qu'elle peut tout aussi bien les laisser prendre leur temps, et venir les chercher plus tard dans la journée. J'argumente en disant que ses filles semblent bien s'entendre avec celle d'Ethan, et que moi-même, je n'ai rien prévu de spécial. Elle se retourne et me regarde, insondable.

— Je ne sais même pas qui vous êtes, répond-elle dans un petit rire.

Cette femme confie ses deux enfants pour la première fois à son voisin, et quand elle vient les chercher, l'homme censé veiller sur elles s'est absenté, et l'inconnue qui lui ouvre la porte lui propose de s'occuper à son tour de ses filles. Je me rends compte de ma maladresse et je lui en fais part avant de me présenter.

— Je m'appelle Lola, excusez-moi. Je suis la sœur d'Ethan. On ne se voit plus très souvent mais il a m'a quasiment élevée jusqu'à ma majorité.

Elle redresse les épaules et se met à parler sans s'arrêter, comme si elle avait pris son élan et qu'il fallait qu'elle se jette à l'eau :

— Ma mère est tombée. Une très mauvaise chute. Les médecins sont pessimistes. Vous croyez que les filles doivent aller la voir au cas où cela s'aggraverait ? Mais c'est très impressionnant, elle a plusieurs fractures, des bleus et des plaies partout…

Elle ne me laisse pas répondre.

— C'est à moi de décider, je sais.

Un nouveau silence et puis elle appelle ses filles cette fois :

— Sophie ! Juliette ! Vous venez mes petits chats ?

Elles surgissent à ce moment-là.

— Déjà ? On part ? Charlotte a dit qu'on pourrait aller à la piscine si tu voulais bien ?

C'est la plus jeune qui a parlé. La fraîcheur et la gaieté de sa voix métamorphosent le visage de sa mère en le faisant sourire.

— On verra ça. Pour le moment, je vous ramène à la maison.

Sophie n'insiste pas. Magali prend une fille dans chaque main et les guide vers la porte. Juste avant de sortir, elle se retourne vers moi :

— Merci Lola. Je suis contente de vous avoir vue. Je vous tiens au courant.

— Ok. N'hésitez surtout pas. On sera heureuses de les revoir et de vous aider.

On sera heureuses. Je ne suis pas sûre que mon frère soit du même avis, alors je n'engage pas son point de vue.

8

Ethan

Je regarde ma montre. Je suis parti un peu plus longtemps que prévu. J'ai appelé de bonne heure, prévenu que j'avais besoin de prendre ma journée, celle de demain aussi peut-être, mais il faut que je passe sur le lieu des travaux qui commencent aujourd'hui. Je m'en voudrais de ne pas le faire. C'est un chantier très important. Pas en volume, ni en chiffre d'affaires, mais c'est quand même le plus important de ces dernières années. On commence ce matin la reconstruction de la maison de Manelle. C'est elle qui nous a tous accueillis dans l'entreprise. Elle est à la retraite depuis longtemps maintenant. Avant cela, elle a été secrétaire, comptable, mais surtout confidente, pourvoyeuse de conseils, d'encouragements, et un peu donneuse d'ordres aussi, il faut le reconnaître. Un personnage. Aujourd'hui encore, quand les apprentis arrivent, elle est toujours au dîner d'accueil, et malheur à celui qui ne vient pas s'asseoir à sa table. C'est son mari qui a créé l'entreprise, il y a une cinquantaine d'années. Elle a un caractère épouvantable, mais c'est une légende vivante. Personne n'a jamais su dire si elle jouait la comédie ou pas. Elle a connu toutes les aventures de l'entreprise, elle a sauvé bien des jeunes en quête de sens et de réponses impossibles. Aujourd'hui encore, elle est un peu le ciment qui lie toutes les générations que compose cette équipe d'une vingtaine de personnes qu'un de ses fils dirige.

Sa maison a brûlé il y a deux mois. Un stupide court-circuit. Le principal a été épargné et les assurances n'ont pas trop traîné. Les murs centenaires ont tenu, mais toute la toiture est à refaire, et cela fait plusieurs semaines que Manelle tourne en rond à habiter chez son fils. Bref. C'est un chantier incontournable et extrêmement important. Je voulais être là, m'assurer que tout était en place. Et puis il y a eu un gars en retard, un problème en vérifiant le nombre de poutres. Et la bâche qui protège la maison depuis des semaines et dont nous allons encore avoir besoin quelque temps présentait quelques trouées menaçantes. Le temps de tout vérifier et que le retardataire arrive, mon heure s'était écoulée et je n'avais pas commencé les courses. Ma fille et ma sœur sous le même toit, et les deux petites de la voisine en prime, je ne suis pas vraiment équipé pour ce genre d'invitées, même pour quelques jours. Le frigo est vide, les étagères de ma salle de bains supportent en tout et pour tout un savon de Marseille, un tube de dentifrice et de la mousse à raser… J'ai pris une heure au compteur, voilà ce que mon détour chez Manelle et mes errances dans les rayons du supermarché m'ont coûté. J'ai acheté de mémoire. J'espère que je ne tomberai pas trop loin de la plaque. Charlotte avait treize ans quand elle est partie vivre chez sa mère, et les rares week-ends où elle vient encore chez moi, elle ne mange que des céréales et des pâtes. Lola en avait vingt quand elle s'est envolée. Elle ne jurait que par le shampoing au henné et mettait des tas de graines dans des salades. Depuis dix ans, elle ne passe qu'en coup de vent, un jour, deux maximum, parfois un week-end quand elle n'est pas à l'autre bout du monde. Quant aux petites, elles devraient être parties après le déjeuner, mais dans le doute, j'ai pris des glaces et des crayons de couleur.

Je me sens gauche. Dans le choix des articles que j'ai mis dans le Caddie, et dans mes silences devant leur apparition inattendue. J'ai envie de savoir ce qui leur arrive, de quoi elles ont besoin, combien de temps elles restent, mais les mots ne sortent pas. Et puis si elles sont venues chez moi, ce n'est pas pour mes longs discours. Charlotte n'a pas trop le choix, si elle s'est fâchée avec Laurence, je représente la seule solution possible, et Lola, eh bien, elle est venue ici pour avoir la paix. Alors je fais ce qu'elles attendent de moi. C'est ainsi que je me sens le plus utile, en mettant du shampoing au henné au bord de la baignoire, et des céréales au chocolat (avec quinze pour cent de sucre en moins, et sans huile de palme quand même) dans le buffet de la cuisine. Je ne saurais pas faire grand-chose d'autre.

Le citron de Lola n'est plus là, mais la voiture de la voisine est revenue. Les petites ont dû regagner leur foyer. Je vide le coffre avec une curieuse déception dans la tête, celle de trouver la maison vide. Je rentre mes courses et je constate que tout le monde a effectivement déguerpi. J'ai un petit moment de doute, je passe la tête dans l'encadrement de la porte de Lola pour vérifier. Ses affaires sont toujours là. Tant mieux. Je n'aurai pas aimé qu'elle s'envole déjà. Je vois qu'elle a même ouvert sa valise et commencé à vider quelques affaires sur les étagères du dressing. Cela signifie sans doute qu'elle va se poser un peu.

Dans le salon, c'est plutôt Charlotte qui a marqué le territoire. Et moi qui ne supporte pas le désordre, je ramasse ses affaires avec un drôle de plaisir. La pagaille que sème ma fille est plutôt agréable. Mais la voir me fait inévitablement penser à Laurence. Beaucoup trop. Elle a regagné sa vie, son monde, sa nouvelle région et son monsieur L., je ne m'y résous pas. Cela fait huit ans que je ne m'y résous pas. Laurence est la rencontre de ma vie. Je l'ai su dès que nos regards se sont croisés. Enfin, plus exactement, quand mon regard a fini par rencontrer le sien alors qu'elle sentait que je la regardais. Elle attendait sur le quai de la gare de Tours. Je venais d'accompagner Lola pour son départ en vacances. J'avais vingt-trois ans, Lola, onze, et elle m'avait fait la vie parce qu'elle avait honte de l'accompagnatrice de la SNCF que je lui avais imposée pour le trajet jusqu'à Bordeaux. Je n'avais pas transigé et elle était partie fâchée.

Nos parents étaient d'éternels voyageurs. Des artistes musiciens, bohèmes et globe-trotters. Depuis que j'avais décroché le permis de conduire et que je pouvais assumer mes déplacements et ceux de ma jeune sœur, ils s'en allaient de plus en plus en souvent, de plus en plus longtemps. Quelquefois, ils prenaient Lola avec eux, la kidnappaient à l'école pour son plus grand bonheur, plusieurs semaines d'affilée, et puis ils revenaient, en général passaient l'hiver avec nous, avant de repartir. Dans les périodes calmes, quand les engagements se faisaient plus rares, ils se faisaient embaucher pour les cueillettes, les vendanges, pour compléter les cachets des bals et des concerts privés. Des artistes débrouillards et voyageurs, dont je n'avais pas hérité grand-chose…

Cet été-là, ils avaient signé un contrat plutôt intéressant dans un hôtel sur la côte méditerranéenne, et n'avaient pas pu emmener Lola. Ma sœur s'était résignée à rester à la campagne avec son frère ennuyeux qui travaillait d'arrache-pied depuis l'obtention de son BTS charpente couverture. Quand les parents d'une de ses camarades de classe avaient proposé qu'elle aille passer une partie de l'été dans leur maison de famille au bord de la mer, elle m'avait supplié d'accepter. J'avais dit oui, en posant mes conditions, et elle avait dû céder à mon exigence de l'accompagnatrice. J'avais regardé le train quitter la gare jusqu'à ce qu'il ne soit plus qu'une forme lointaine, en songeant à ces au revoir un peu gâchés par la mauvaise humeur de ma petite sœur. Je longeais le quai pour regagner ma voiture quand j'avais vu Laurence pour la première fois. Elle était debout sous le panneau d'affichage, le regard perdu dans ses pensées. Une grande et belle femme, à la chevelure blonde, foisonnante de boucles qui dansaient sur ses épaules. J'étais resté à une dizaine de mètres d'elle, hypnotisé, devinant, derrière ce visage rêveur, une intelligence et une poésie à la fois.

Laurence est brillante, elle est déterminée mais sans jamais hausser le ton, elle aime les gens, et s'amuser en bonne compagnie, mais elle a tout à la fois besoin de solitude et de repli. Elle est drôle, généreuse, j'ai su tout cela et je l'ai aimée entièrement dès cet instant. Elle m'avait d'abord regardé, et puis sans prévenir s'était avancée et m'avait dit qu'elle avait envie d'aller boire un café au soleil. Si elle n'avait pas fait ce geste-là, elle ne serait peut-être restée que le souvenir d'une belle femme pleine de promesses sur le quai de la gare. Mais elle était venue vers moi, à la rencontre de ma paralysie et de ma timidité, et nous avions passé douze années ensemble. Douze années à penser à elle comme ce premier jour, et à ne pas savoir le lui dire autrement qu'en la regardant. Ces mots-là sont toujours restés emprisonnés dans ma tête.

Il me faut encore une heure avant de penser à regarder mon téléphone. Lola me dit que je ne suis pas un homme de mon époque, ma fille aussi, d'ailleurs, me le dit. Sur mon appareil, en mode silencieux comme à son habitude, j'ai un message de ma sœur qui me dit qu'elle est partie en escapade avec Charlotte, et un second enregistrement, plus étonnant, d'une amie parisienne de Lola, qui s'inquiète pour elle et me demande si je sais si elle est bien arrivée à Marseille.

Je pourrais retourner sur le chantier puisque personne n'est à la maison. Mais je décide de mettre à profit ce temps pour faire un peu de ménage, et préparer à manger. J'irai voir la maison de Manelle en fin de journée, et en attendant, c'est le temps idéal pour repeindre la barrière.

9

Lola

Nous sommes dans l'Indre depuis une heure. La piscine en plein air n'est pas grande, et l'entrée est libre. À cette heure-ci, elle est bondée. On s'est installées sur les berges et on a pris nos aises. C'est fou comme Cha ressemble à sa mère, physiquement. Côté caractère, je ne sais pas trop. Des boucles blondes qui n'en finissent pas de descendre le long de son dos, des yeux vifs et perçants, de véritables émeraudes qui hypnotisent les non-avertis. Elle a son feu et son énergie, mais elle a la mesure de mon frère. La dernière fois que je l'ai vue, il y a une éternité, c'est ainsi que je l'avais perçue, mais je crois qu'elle est différente désormais, plus spontanée.

Je suis rentrée prudemment dans l'eau, tandis qu'elle plongeait de manière spectaculaire. Je l'ai rejointe à petites brasses au milieu de la rivière et nous avons éclaté de rire. Cha a mis la tête sous l'eau. Quand elle est réapparue, elle a planté ses yeux rieurs dans les miens et m'a dit :

— Comme au bon vieux temps, hein ?

— Du haut de tes dix-huit ans, tu me fais rire !

— Bientôt dix-neuf madame !

J'ai désigné le pont qui marque la frontière entre la zone de baignade, et celle spécifiquement dédiée aux canoës.

— On nage jusque là-bas ?

— Ok.

C'est elle qui a relancé la conversation au bout de quelques mètres :

— T'es arrivée hier aussi ? Tu vas rester longtemps ?

— Oui, hier en fin d'après-midi. Je ne sais pas trop ce que je vais faire. J'avais des projets mais ils viennent de tomber à l'eau.

— Ah bah comme nous alors !

— Toujours aussi drôle, chère nièce !

— Arrête, on dirait que t'es une vieille tante quand tu dis ça !

— Bah, je suis ta vieille tante, je te signale.

— On a autant d'écart toutes les deux que mon père et toi !

— Oui, mais je suis quand même ta tante. Bon, ma Cha, tu me racontes pourquoi tu as débarqué ?

— Rien de très original, ma mère me soûle. Elle n'en fait qu'à sa tête, tu la connais de toute façon, tu sais comment elle peut être.

C'est un sujet glissant. Je ne porte pas particulièrement Laurence dans mon cœur, mais ce n'était pas le moment de mettre le sujet sur la table, et encore moins avec sa fille. J'habitais avec Ethan quand leur histoire a commencé, je la tiens un peu pour responsable du départ de mes parents, et surtout, je n'ai pas aimé sa manière de se comporter avec mon frangin. Je trouve que c'est une femme qui s'écoute beaucoup, un peu égoïste aussi.

J'ai botté en touche, ce qu'il y avait de mieux à faire :

— Tu sais, je ne suis pas ce qu'on appelle une référence pour parler des relations mère-fille. Tu connais ta grand-mère ?

— Vos parents sont ce qu'on peut trouver de mieux si tu veux mon avis. Ils vous ont laissé respirer !

— Ça, pour nous avoir laissés respirer…

J'ai mis la tête sous l'eau et j'ai nagé quelques mètres vers la rive. Quand je suis revenue à l'air libre, j'étais toute proche du vieux muret et de son échelle rouillée, celle qui permet de sortir de la rivière sans faire trop de contorsions. Cha m'avait suivie, et elle était sur le point de me rejoindre.

Mes parents, plus que nous avoir laissé respirer, nous ont un peu laissés pousser tout seuls… Je crois que si mon frère est devenu l'ours qu'il est aujourd'hui, c'est à force d'endosser le poids de ma responsabilité. À partir du collège, je pourrais compter sur les doigts de mes mains le nombre de mois entiers que nos parents ont passé à la maison avec nous. Non seulement, Ethan n'a pas eu d'adolescence, mais il a eu la mienne à supporter en plus, et j'ai commencé de bonne heure, en lui épargnant peu de choses. Un été, une amie m'avait invitée à passer quelques semaines chez ses parents, j'étais en cinquième. Je n'avais pas tellement envie de partir, mais je m'étais dit que cela ferait du bien à Ethan d'être un peu tranquille, de pouvoir voir des copains, rencontrer une fille, et de ne plus m'avoir sur le dos. Ethan me l'avait dit une fois : « Tu es insupportable, mais au moins tu t'en rends compte, ça équilibre. » Cet été-là, j'avais été particulièrement pénible, je me mettais en colère, je fondais en larmes pour un rien, je ne supportais plus mon frère mais je ne supportais pas non plus l'idée de m'éloigner de lui. Il a cru que je lui faisais la tête parce qu'il m'avait collé une jeune femme, une accompagnatrice qui s'occupait d'autres gosses comme moi, qui voyageaient seuls. En réalité, j'étais triste et en colère de le quitter pour la première fois. J'avais peur aussi, et tout cela me mettait en colère contre moi et contre lui, le cercle infernal. Il n'était pas question que je le laisse deviner tout cela, il aurait été capable de tout annuler, et mon plan serait tombé à l'eau.

C'est cet été-là qu'il a rencontré Laurence. La première année, elle passait les week-ends, quelquefois en soirée. Et puis elle est tombée enceinte. Ils ont commencé à chercher une maison un peu plus grande, bien à eux. Et puis les parents nous ont annoncé qu'ils pouvaient bien rester là, avec la petite qui arrivait, qu'ils allaient s'installer dans le Sud. Moi, j'avais douze ans, presque treize, et on me demandait de choisir entre ma bande, ma vie, mon collège, mon frangin qui s'occupait de moi comme un père depuis toujours, et mes parents qui ne savaient pas trop où ils allaient se poser, ni pour combien de temps. Je suis restée, et je crois que Laurence ne m'avait pas prévue dans son scénario. Depuis le départ, ça ne partait pas très bien entre nous.

Je suis revenue à Cha. Elle nageait autour de moi, elle ne disait rien, mais elle m'observait, elle attendait que je lui réponde.

— Ça passera avec ta mère, c'est normal de s'affronter un peu à ton âge. Tu vas rester tout le mois d'août ici ?

— Le mois d'août, peut-être plus, qui sait ?

— T'as pas des études qui commencent, toi ?

Elle a éludé.

— Tu restes aussi ?

— Aucune idée. Je suis arrivée ici sans réfléchir.

— T'as le cœur en miettes.

Elle ne m'a pas posé la question, elle a énoncé son diagnostic. Elle m'a regardée droit dans les yeux, puis elle s'est retournée, et elle est allée nager vers le saule pleureur. Je savais ce qu'elle voulait, je l'ai suivie.

Face à la rive sur laquelle nous avons posé nos affaires, il y a, depuis des décennies, ce saule pleureur immense. Et dans ce saule, mêlée aux lianes accrochées à l'une des branches principales, il y a une corde de plusieurs mètres qui permet de s'élancer dans l'Indre d'une bonne hauteur. Cette corde a toujours été là. Je me demande si un employé de la mairie est chargé de vérifier sa solidité et de la changer tous les ans, ou si ce sont les tribus d'enfants qui se passent la consigne pour veiller dessus. En tout cas pour moi, le saut du saule fait partie du patrimoine du village, tout autant que son vieux moulin à eau. C'est Ethan qui m'a fait sauter la première fois. Je n'avais pas six ans. Il m'a installée dans ses bras et s'est élancé, la corde dans une main. J'ai crié comme jamais, et nous avons atterri tout près des nénuphars. Je m'en souviens encore. Cha est déjà près du nœud de l'arbre. Elle attrape la corde et me laisse arriver à son niveau.

— Celle qui saute le moins loin a un gage.

— Tu ne devrais pas reprendre les trucs de ta tante, je lui réponds quand je la rejoins.

— Ah, tu te rappelles ? Tu faisais ça pour me changer les idées quand j'étais gamine.

— Ça marchait plutôt bien. Une bosse, un défi, un gage. Une déception, un pari, un gage. Une petite peur, une devinette, un gage…

— Oui. Et aujourd'hui, un gros chagrin, une épreuve, un gage !

Et elle saute sans attendre. Elle atteint presque le milieu de la rivière, je n'ai aucune chance.

Comme gage, elle me demande son nom et son plus gros défaut. Charlotte a compris qu'un homme était pour quelque chose dans ma retraite chez Ethan. Je lui donne son prénom, et lui dis qu'il était un menteur, parce qu'il m'avait promis une vie pleine de couleurs, et qu'il n'a pas tenu parole.

Elle prend mes réponses sans m'en demander davantage. Je l'aime aussi pour cela, ma nièce. Elle grandit bien, elle ne fouille pas. Elle respecte les limites.

Quand nous arrivons au bout de notre chemin, le soleil tape encore fort. Ethan, une casquette sur la tête, et son vieux bleu de travail au corps, est en train de repeindre la barrière. Quinze mètres plus loin, de l'autre côté du chemin, nous apercevons les petites qui se rafraîchissent en s'éclaboussant autour d'une grande bassine.

— Charlotte !

L'apparition de ma nièce fait son petit effet. Je reste un peu derrière le volant. Parler d'Antonin m'a rendu mon humeur grise. Il faudrait que je dise la vérité, que je me soulage des souvenirs douloureux. Je me demande même s'il ne faudrait pas que je parle de tout cela à la police. Je suis en partie responsable de ce qui s'est passé. Ma culpabilité, ma peine et ma colère ne sont peut-être pas les seules conséquences que je doive assumer.

Je sors et je rejoins Ethan.

— Tu as eu mon message ? Je lui demande.

— Oui. C'était bien, la piscine ?

Il ne relève pas la tête, mais il me pose une question. C'est tellement inhabituel que ça me déstabilise presque.

— On s'est baignées dans l'Indre. Et toi ? Tu ne travailles pas ?

— Je fais quoi à ton avis, là ?

Je hausse les épaules. Je vais rejoindre ma chambre, j'ai envie d'écrire à Antonin, mais il me rappelle.

— Oui ?

— Ton amie Margot m'a laissé un message elle aussi.

— …

— Et elle m'a rappelé après.

— Elle voulait quoi ? Tu as décroché ?

— Elle voulait savoir si j'avais de tes nouvelles, si tu étais bien arrivée à Marseille. Depuis hier matin et ton départ pour ta nouvelle vie avec ton futur mari, elle n'a pas de nouvelles et elle s'inquiète.

— Ah. Je ne savais pas qu'elle avait ton numéro.

— C'est un numéro que vous avez toutes beaucoup utilisé pour les retours de soirées arrosées quand vous aviez vingt ans…

— T'as dit quoi ?

— Que je t'avais parlé ce matin, et que ça avait l'air d'aller.

— Ok. Merci.

— Me fais pas mentir trop longtemps, je n'aime pas cela.

— D'accord.

Je ne traîne pas. Je file dans ma chambre, Belle se lève et me suit. Ethan a l'air étonné de la voir bouger de son coin confortable au soleil. Je le regarde et je vois un sourire discret qui s'installe sur son visage tandis qu'il replonge son pinceau dans le pot de peinture. J'aime bien cette chienne. Lui aussi j'imagine. Elle a traversé toutes ces années à ses côtés, elle fait partie des éléments immuables de son décor.

Je prends mon stylo, le bleu, transparent, kitsch au possible avec ses dauphins qui nagent dedans. Un de mes cadeaux de bienvenue en Provence de la part d'Antonin. Je poursuis mon récit. Je lui écris notre histoire. Tous les mots que j'avais préparés pour nos dîners, nos voyages, nos anniversaires, et qui n'ont pas eu le temps de se former pour qu'il les entende.

10

Ethan

Cela fait presque une semaine que Charlotte et Lola ont débarqué. J'ai renoncé à pas mal de choses en sept jours. Mon seuil de tolérance s'est considérablement élevé sans que je m'en rende compte. Je pense à cela en m'installant avec mon café dans le jardin ce dimanche matin. J'aime boire mon café dehors, le dimanche matin, été comme hiver.

La maison dort encore. Il est huit heures. Le jardin est jonché de jouets d'une autre époque. Magali est en train de négocier son passage en horaires de jour. Le temps que cela aboutisse, les soirs où notre infirmière de voisine va travailler à l'hôpital, les petites dorment ici. Trois ou quatre fois par semaine. Elle vient les chercher un peu avant midi, après avoir dormi quelques heures. Je ne suis pas là pour le voir, le chantier de Manelle m'accapare beaucoup. Charlotte m'a présenté l'organisation sans vraiment me consulter. Je la laisse assumer et elle semble plutôt bien s'en sortir. Elle a exhumé de la cabane à outils les jouets de son enfance, et personne ne songe à les ranger à la fin de la journée (à quoi bon puisqu'on les ressortira demain ?), les chaussures traînent un peu partout (comme ça, elles sont sur notre chemin quand on sort), les placards de la cuisine sont sens dessus dessous (en même temps, papa, les épices par ordre alphabétique, ça fait froid dans le dos !), j'ai au moins trois tee-shirts blancs qui ont viré au rose pâle après des lessives malheureuses (j'ai voulu aider, ce ne sont que des vêtements, t'es jamais content), et la salle de bains ressemble à un vestiaire de piscine municipale le jour où les scolaires investissent les lieux (une maison, il faut que ça vive, c'est pas un musée…).

Mon seuil de tolérance s'est considérablement élevé.

Belle semble rajeunir. Elle suit les gamines partout et s'installe à proximité d'elles, au soleil, observe, semble écouter, ne pas perdre une miette de leur énergie débordante. En revanche, je m'inquiète pour Lola. Elle fait des efforts pour se mettre au diapason de l'humeur de Charlotte, mais le cœur n'y est pas. Ses yeux restent tristes et je ne l'entends ni rire ni parler fort.

Aujourd'hui, Magali nous a invités à déjeuner chez elle. J'ai proposé que l'on fasse cela à la maison, mais elle a insisté. Sa mère va mieux. Elle est toujours à l'hôpital et une longue période de rééducation l'attend, mais elle n'aura pas trop de séquelles. En revanche, il n'est plus question pour Magali de lui faire porter la responsabilité de veiller sur ses filles quand elle part travailler.

Je suis soulagé en fait. Si tout le monde est là-bas, je pourrai m'éclipser en fin de repas et venir profiter du calme de la maison désertée pour quelques heures…

Avant ce soir.

Ce soir, Laurence vient. Elle a appelé hier, elle avait un déplacement dans la région. Elle pense qu'il faut parler, maintenant. « Conseil de famille », a dit Charlotte en levant les yeux au ciel et en soupirant très fort. Je ne sais pas trop de quoi nous allons pouvoir parler. Je trouve que notre fille va bien. Elle profite de ses vacances, et en dehors de sa tendance à déranger tout ce qui se trouve sur son chemin, je n'ai rien à redire à sa manière de se comporter.

J'entends de la musique qui s'échappe de la chambre de Lola. Il faut croire que Léonard Cohen traverse toutes les époques pour soutenir le chagrin des jeunes femmes malheureuses. Pourtant, il doit bien y avoir d'autres chanteurs qui ont pris la relève depuis ?

Je me lève avec Belle sur les talons. Décidément, que de changement, si elle se lève même pour moi… Je vais préparer des gaufres. La dernière fois que Lola avait Léonard dans les oreilles, elle avait seize ans, et il n'y avait que mes gaufres pour lui redonner le sourire.

11

Quatrième lettre à Antonin

Déjà quatre lettres. J'aime te retrouver entre ces pages. Quatre monologues, mais pas tout à fait. Quand je t'écris, j'ai l'impression que tu m'écoutes.

Mon frère fait des gaufres. Je te parlerai de lui aussi.

Je n'aime pas trop l'idée de me poser quelque part. J'ai sans doute hérité cela de la curiosité de mes parents, ou de leur versatilité, selon le point de vue que l'on adopte. Tu leur aurais plu, et tu les aurais aimés. L'idée de m'installer dans un appartement avec un homme m'aurait donc semblé bien saugrenue il y a encore six mois. Le lieu où l'on vit n'est pas celui où l'on dort. C'est ma vision des choses. À Paris, la maison que je partage avec mes amies depuis cinq ans est une escale entre deux voyages (être salariée d'une compagnie aérienne a cet avantage majeur de te permettre de voler à

moindre coût), un lieu où mes affaires sont regroupées et où on organise facilement des fêtes. Ce n'est pas un endroit où je projette mon avenir et où je me sens particulièrement à l'abri. Vivre, c'est explorer, naviguer, rencontrer, sortir, se laisser surprendre... Rien de tout cela ne peut se produire dans l'endroit où tu dors...
Dans l'appartement de la rue Camoin-Jeune, j'ai été traversée d'une sensation nouvelle. J'ai eu envie de vider mes valises et de les ranger. J'ai imaginé mettre des photos au mur à côté des tiennes, m'allonger sur le canapé et me blottir entre les coussins et le plaid moelleux. J'ai aimé que tu aies préparé la moitié de l'armoire pour y accueillir mes affaires, que tu aies posé des rideaux la veille de mon arrivée sur les fenêtres pour que le soleil de la Méditerranée ne nous réveille pas trop tôt, alors que cela ne t'avait jamais dérangé jusqu'à présent, que tu aies décoré la table d'un bouquet de tulipes.
Je me suis sentie chez nous. Pas chez toi.
Je me suis imaginée vivre chez nous.
Merci.
C'est aussi un mot que je ne t'avais pas dit, et c'est celui que je regrette le plus d'avoir gardé en moi.
Je vais aller manger des gaufres. Mon frère ne parle pas, il n'est qu'une somme d'habitudes envahissantes, il est têtu, et il ne voit pas la plupart des choses qui lui passent sous les yeux, mais il fait divinement bien les gaufres. Si tu étais venu ici,

il t'en aurait fait à coup sûr. Il t'aurait proposé de les goûter avec la demi-douzaine de confitures qu'il fait lui-même. Tu n'aurais pas osé refuser, et il aurait guetté tes réactions du coin de l'œil, sans avoir l'air de le faire. Moi, je sais déjà que je vais les prendre avec de la confiture de mûres, et de la marmelade de citrons.
Je t'embrasse de tout mon cœur.
À demain.

12
Lola

Je range le carnet dans le tiroir du secrétaire, et j'éteins le lecteur de CD. Il faut que je dise à Ethan qu'il est grand temps de renouveler sa collection. Je suis d'accord, pourquoi pas, pour continuer à acheter de la musique sur des supports physiques, mais on ne devrait pas avoir envie de pleurer à chaque fois qu'on appuie sur Play. Les étagères de cette pièce semblent vouloir accueillir ce qu'il y a de plus triste en matière de musique pop française et internationale depuis ces trente dernières années. La semaine prochaine, je nous programme une virée à la Fnac.

J'ai dit à Magali que je viendrais lui donner un coup de main avant le déjeuner. Cha s'octroie une grasse matinée, mon frère est dans sa cabane, j'ai besoin de me mettre en action et cela tombe bien. Les filles ont dormi chez elles depuis deux nuits, elles reviendront demain pour quatre soirs consécutifs.

Chez Magali, il y a de la musique, de la lumière, et un désordre coloré qui met de bonne humeur. Nous passons deux heures à découper, installer, enfourner, dresser, assaisonner. La voisine d'Ethan se révèle très différente de l'impression qu'elle m'a faite la première fois. Est-ce la charge de l'inquiétude qui s'est envolée (elle ignorait encore le degré de gravité de la chute de sa mère), ou bien son environnement familier qui la rend plus lumineuse ? Quand elle passe chercher sa fille, toujours en coup de vent, et qu'elle croise Ethan, elle est discrète et sérieuse. Une politesse un peu timide. Je crois que mon frère l'impressionne.

Tandis qu'elle finit de ranger, je me pose dans la pièce à vivre qui jouxte la cuisine. Les murs sont couverts de dessins et de photos des filles. Juliette et Sophie grandissent au fil des saisons dans des décors qui varient peu. Je reconnais le jardin sur lequel j'ai une bonne vue, et les bords de l'Indre. Il y a quelques images de bord de mer également. Magali est quelquefois sur les clichés, mais la plupart du temps, il n'y a que les filles. Je ne vois le père des enfants sur aucune des photos.

Je l'entends qui chante de l'autre côté de la porte. Elle a un timbre clair, que l'on devine puissant. Je ferme les yeux et je me laisse bercer par sa voix qui se cale à la perfection sur celle de la chanteuse Adèle à la radio. Je suis bien.

Dans un état un peu cotonneux, je me suis laissée aller à des pensées agréables, à des souvenirs confortables. Si les nuits sont de moins de moins agitées, mon corps et mon esprit réclament malgré tout une paix à laquelle l'agitation des journées avec ma nièce et les petites voisines m'a empêché d'accéder. Je ne sais pas si je somnole et rêve un peu, ou si la voix de Magali glisse jusqu'à moi à travers le nuage qui m'enveloppe. Il me faut quelques secondes pour comprendre qu'elle s'est assise à côté de moi. Un parfum de café rôde entre nous et me ramène au présent.

— Je me suis assoupie, je crois.

Elle ne répond rien. Il n'y a rien à répondre, cela dit. Elle me sourit et cale son dos un peu plus au fond du canapé, un mug de café entre les mains.

— Ça t'ennuie si je me fais une tasse aussi ? je lui demande.

— Il est tout frais, la cafetière est pleine. Je t'en prie. Une habitude dont il faudrait que je me détache un peu, ce café, je dois en boire plus d'un litre par jour.

Quand je reviens de la cuisine, je m'arrête devant les photos de ses filles que j'ai observées un peu plus tôt.

— C'est toi qui les as prises ?

— La plupart, oui. Quelques-unes sont l'œuvre de ma mère.

— Pas de papa dans le coin ?

Elle marque encore un de ces silences dont je la sais désormais coutumière, avant de répondre.

— Non. Pas de papa dans le coin. Je devrais peut-être quand même mettre une ou deux photos de lui… Pour éviter qu'elles oublient à quoi il ressemble.

Je me rends compte que j'ai été indiscrète et je n'ajoute rien. C'est elle qui reprend :

— Si elles avaient un papa dans le coin, je n'aurais pas été obligée de les envoyer dormir chez vous…

— Ça aurait été dommage pour elles !

Elle sourit et boit une gorgée de café, avant de me rejoindre face au cadre qui se tient devant mes yeux.

— Cette photo a été prise il y a deux ans. Je ne savais pas à l'époque que nous ne le verrions quasiment plus.

— Ethan m'a dit qu'il avait un métier avec de nombreux déplacements à l'étranger ?

Elle a un petit rire désabusé.

— Quand nous avons emménagé ici, il travaillait pour une maison de production qui tournait beaucoup à l'étranger. Quand il est parti pour la dernière tournée, il m'a dit qu'il allait rester un peu sur place. Au Brésil. C'était il y a deux ans maintenant et il n'est toujours pas revenu.

— Je suis désolée.

— Il n'y a pas de quoi. Je vis plutôt bien comme cela. Quand j'ai compris qu'il n'allait pas revenir, j'ai organisé ma vie différemment. La blessure d'amour-propre a été un peu longue à cicatriser, mais nous ne vivions pas une histoire très harmonieuse, nous avons toujours été un peu étrangers l'un à l'autre, c'est curieux mais c'est comme ça.

— Ethan croit que ton mari va rentrer un de ces quatre.

— C'est idiot, mais je n'arrive pas à dire qu'il m'a quittée. Je n'ai pas envie de recueillir des regards gênés, ou pire, de la pitié.

— Tu peux juste dire que vous êtes séparés, pas besoin de détails.

— Oui. Tu as raison, mais si je ne dis rien, il n'y a même pas de questions, c'est encore mieux ! Tu ne crois pas ?

Elle me regarde en souriant du coin de l'œil. Un bref instant, j'ai l'impression qu'elle lit en moi. Mon histoire, les raisons de ma venue ici, ce que je dissimule à mon frère, le chagrin qui me dévore le ventre et que je n'ai pas envie de laisser remonter à la surface. Je suis à deux doigts de tout lui raconter. Elle saurait accueillir mes confidences sans porter de jugement ni témoigner aucune forme de sollicitude déplacée, j'en suis convaincue. Juliette et Sophie arrivent en courant dans la pièce, et mettent fin à cette fugace tentation.

Quand Charlotte et mon frère apparaissent à leur tour, le changement chez Magali s'opère à nouveau. La femme gaie et spontanée cède instantanément la place à son double discret.

Nous avons dressé la table dans le jardin. Un parasol étend l'ombre projetée par le figuier qui règne en maître au milieu de la pelouse. Les filles de Magali et Charlotte lancent trois conversations en même temps, notre hôtesse sert à boire, mon frère observe le jardin et s'approche du rosier qui grimpe sur cette façade de la maison. Quand il demande Magali si elle connaît la variété de fleurs dont il s'agit, je me rends compte que ces deux-là se vouvoient.

— Elles portent un nom imprononçable… Un nom de monastère je crois, je pourrais vous retrouver cela, je l'ai noté quelque part.

Elle lui a répondu en lui tendant un verre d'eau gazeuse. Ethan, ne boit plus d'alcool depuis que Laurence est partie. Je crois qu'il repousse tout ce qui pourrait lui faire baisser la garde d'une manière ou d'une autre. Lui dit qu'il n'aime pas cela, pour faire simple, aux gens qui posent des questions. Il ne ment pas vraiment. Il doit parler de l'amertume qui lui revient en bouche, quand il pense à cette époque révolue. Laurence et lui avaient la dégustation et la connaissance des vins comme passion commune. Il a une cave incroyable, mais il n'y entre presque plus. Elle est comme condamnée.

Les histoires des filles continuent d'alimenter les échanges lorsque nous passons à table. Quand Magali apporte le poulet qu'elle a découpé et dressé en cuisine, je guette la réaction de mon frère. À l'invitation de Magali, je le vois tendre son assiette sans rien dire. Je me contente de hausser les sourcils, mais Cha est moins discrète que moi et s'exclame en écarquillant les yeux :

— Papa ! Tu manges de la viande maintenant ?

Il y a un silence total pendant trois secondes. Magali regarde Ethan, se met à rougir fortement, et lui demande d'une voix blanche, un peu étrange :

Je ne savais pas que vous étiez végétarien ?

Mon frère, qui prône auprès de qui veut bien l'entendre l'honnêteté et la transparence, fait alors quelque chose d'incroyable :

— Je ne suis pas vraiment végétarien. Je mange beaucoup moins de viande que par le passé, mais votre poulet a l'air délicieux et il me tente bien.

Magali n'ajoute rien. Mais elle ne sert dans l'assiette de mon frère que quelques pommes de terre. Elle doit compter mentalement tous les plats qu'elle lui a laissés ces derniers mois, et combien d'entre eux comportaient de la viande. J'ai l'impression que c'en est fini pour Belle, des bons petits plats faits maison.

Curieusement, la scène du poulet a pour effet de détendre un peu l'atmosphère. Les langues se délient et nous sortons des conversations convenues, ou guidées par les enfants. Magali apprend à mon frère qu'ils ont fréquenté la même école et le même collège. L'évocation de leurs anciens profs, déjà vieux, ou tellement sympathiques, rajoute encore un peu de chaleur et de convivialité. À la fin du repas, Magali se laisse même aller à un trait d'humour moqueur à l'encontre de mon frère :

— Bon, pas d'alcool ni de viande… Prendrez-vous un café Ethan ? Vous en buvez ? Sinon, j'ai aussi du thé, et même des tisanes ! Et il y a de l'eau à profusion !

— Je n'ai pas essayé de m'en passer encore, je vous concède cette addiction.

Il en boit du matin au soir. Effectivement, à ce niveau-là, on peut parler d'addiction.

Quand elle revient avec les cafés, il reprend le fil de la conversation commencée un peu plus tôt :

— Vous avez une sacrée mémoire pour vous rappeler le nom des élèves après autant d'années ! Je me souviens tout juste du nom de mes amis de l'époque !

Elle sourit. Mon frère porte décidément des œillères, son aveuglement le rend presque maladroit. Magali ne se rappelle certainement pas les noms et les prénoms de tous les élèves qu'elle a côtoyés dans son enfance. Surtout avec trois années d'écart si mes comptes sont bons… Mais celui d'Ethan, oui.

Nous aurions pu laisser glisser le début d'après-midi ainsi, tranquillement, si ce moment n'avait pas été interrompu par l'arrivée d'une invitée surprise. Au bruit de la sonnette, Juliette, l'aînée de Magali, s'est rendue en courant dans l'entrée de la maison. Elle revient en marchant, avec Laurence sur ses talons :

— C'est la maman de Charlotte !

Laurence, tout en beauté et en élégance, comme à son habitude, s'excuse brièvement :

— J'ai reconnu des voix dans le jardin, et comme j'étais un peu en avance je me suis permis de sonner. J'espère que cela ne vous ennuie pas ?

— Mais pas du tout ! s'empresse de répondre Magali, tout en allant chercher une nouvelle chaise.

Laurence m'embrasse en souriant et s'approche ensuite de sa fille. Charlotte se laisse étreindre sans commentaire et sans enthousiasme, avant d'aller rejoindre les filles dans le fond du jardin. Laurence fait alors quelque chose de très surprenant. Elle s'approche d'Ethan et l'embrasse, sur la joue certes, mais avec une tendresse non dénuée de séduction. Elle rapproche la chaise que Magali vient de lui apporter de celle de mon frère, et se pose ainsi, très près de lui. Après un bref moment de flottement, elle prend les rênes de la conversation et s'enquiert de Charlotte :

— Charlotte a l'air en forme, ça fait plaisir de la voir comme ça, je n'étais plus habituée ! Et toi Lola, que fais-tu par ici alors ?

— Envie de campagne et de famille, je suis en vacances.

Nous finissons tous les quatre nos cafés, mais malgré les efforts de Laurence pour relancer les échanges sur des sujets très différents, la gaieté et la spontanéité ont déserté la table. Ethan est complètement muet, et Magali a l'air tétanisé. Je prends les devants pour libérer tout le monde.

— Je vais proposer aux filles une balade dans le coin. Tu es d'accord Magali ? Ça te tente ?

— Oui, c'est une bonne idée. Allez-y, je vais ranger un peu.

— On range ensemble et on va se promener après ?

— Entendu.

Laurence se lève la première :

— Eh bien nous, nous avons un peu à discuter. Nous allons vous laisser.

« Oui c'est cela, laissez-nous », j'ai envie de lui dire, en la remerciant d'avoir arrêté net le bon moment que nous partagions avant qu'elle n'arrive, un moment d'apprivoisement qui convenait bien à tout le monde. Ethan la suit, sans ajouter un mot, et sans même remercier Magali. Quel rustre.

13

Ethan

Laurence vient de sortir. Cela fait trois heures que nous sommes à la maison tous les deux. Elle voulait parler. « Nous avons un peu à discuter », avait-elle dit. Je n'ai toujours pas cerné le sujet qu'elle voulait mettre au cœur de nos discussions. Quand nous sommes rentrés, en laissant Charlotte et Lola de l'autre côté du chemin, à leur projet de promenade avec la voisine et ses filles, elle a longuement exploré l'intérieur comme à la recherche de quelque chose d'invisible sur les murs. Son regard se posait sur la cheminée, les quelques photos qui sont toujours posées dans leur cadre d'origine, le canapé, les rideaux… Dans la cuisine, elle nous a regardés tous les trois sur le frigo, elle a même ouvert quelques placards. Comme elle ne disait rien, je l'ai laissée continuer en cessant de l'observer, et je suis allé dans le jardin mettre un peu d'ordre dans la pagaille de la veille au soir. Sa manière de me dire bonjour m'a surpris. Il n'y a jamais eu aucun contact physique entre nous deux depuis qu'elle est partie, il y a tellement longtemps. Sortir de la maison m'a empêché aussi de trop la détailler, de me laisser troubler par sa présence entre ses murs, et par la proximité qu'elle m'avait témoignée précédemment, sans y mettre aucun mot ensuite.

J'ai eu le temps de ranger l'ensemble du cabanon, de remettre les ballons et les raquettes dans les coffres, d'étendre les serviettes humides, et de ranger toutes les paires de chaussures par taille dans l'entrée de la maison, avant qu'elle ne me rejoigne tandis que j'arrachais quelques mauvaises herbes dans le potager.

— La maison est toujours aussi agréable.

J'étais à genoux dans la terre sèche, je me suis tourné vers elle, mais elle avait la tête dans le cerisier. Je me suis levé, j'ai essuyé mes mains et me suis rapproché d'elle.

— Tu voulais parler de Charlotte ?

— Oui.

Son regard s'est planté dans le mien cette fois. Comme elle n'ajoutait rien, j'ai poursuivi, en espérant qu'elle allait continuer de me regarder. Je ne pouvais pas m'empêcher de savourer sa présence, même si je savais qu'elle ne durerait pas, et qu'elle n'attendait rien de moi.

— Je trouve qu'elle va plutôt bien. Elle s'occupe des filles de Magali, elle passe du temps avec Lola, elle écoute de la musique, elle va se baigner tous les jours. Ce n'est toujours pas la reine du rangement, mais je n'ai pas l'impression de vivre avec une jeune femme en crise depuis qu'elle est arrivée.

— Tant mieux. C'est bien qu'elle soit là.

— Quel était le problème exactement ? Pourquoi l'as-tu conduite ici ?

Laurence n'a pas répondu, et cela ne lui ressemble pas. Son silence et son inhabituelle posture en retrait m'ont poussé à continuer :

— J'ai l'impression qu'elle projette de rester, même après l'été.

— On s'assied ?

Elle a encore gardé le silence quelques minutes après que nous nous sommes installés à l'ombre. Nous avons évité notre banc, pourtant idéalement placé à cette heure, et nous nous sommes posés un peu plus loin, sur les transats. Je les ai achetés hier, pour faire plaisir à Charlotte. Elle disait qu'il manquait du mobilier pour se reposer et pour lire. Puis elle a commencé à parler, le regard dans le ciel, et elle ne s'est pas arrêtée.

Elle m'a parlé des conflits qui avaient commencé à s'installer entre elle et Charlotte, quand elles avaient déménagé chez son « ami ». Une maison au bord de la mer, à trente minutes de Nantes, avec un grand jardin et des chambres partout. Laurence a participé à son permis de conduire, et lui a même donné sa voiture, pour lui faciliter les déplacements, pour qu'elle ne se sente pas exilée, pour que la distance entre ses amis et elle ne soit pas trop pesante. Mais c'est allé de mal en pis. Charlotte veut un endroit à elle, c'est une enfant capricieuse, qui n'admet aucun compromis, et qui en veut à sa mère d'avoir lâché l'appartement en centre-ville où elle pouvait « avoir une vie », pour habiter avec son compagnon sans lui demander son avis. Elle a commencé à ne pas rentrer le soir, ou au milieu de la nuit, à ne pas dire où elle allait en journée, à ne plus répondre au téléphone quand sa mère appelait, inquiète. Monsieur L. (elle m'a donné son prénom mais je ne le retiens jamais) est d'une nature accommodante, mais il ne s'attendait pas à ce quotidien tumultueux. Elle négocie avec Charlotte, elle concilie avec monsieur L. Charlotte tempête sans relâche, monsieur L. se lasse de tempérer. Elle écoute les deux, elle admet des arguments de part et d'autre. Elle n'a pas de solution. Son travail est à peu près la seule chose qui tienne la route dans sa vie, mais elle n'y trouve plus l'intérêt des débuts. Noter des hôtels pour un guide est une activité qui ferait pâlir d'envie nombre de personnes, mais elle est fatiguée, elle se sent seule, elle est en plein questionnement.

Charlotte est censée entrer à l'université de Nantes dans quelques semaines, mais peut-être pourrait-elle faire une demande pour rejoindre celle de Tours ?

Qu'est-ce que je pense de tout cela ?

Cela lui permettrait de souffler un peu. De reprendre possession de sa vie, de se poser les bonnes questions, de se remettre à l'endroit. Laurence. Pas Charlotte.

Elle n'a pas attendu que je réfléchisse à tout cela, et encore moins que je réponde à ses interrogations. Elle a parlé pendant plus d'une heure, et j'ai davantage entendu son mal-être que celui de Charlotte. Quand elle a fini, elle m'a dit qu'elle allait faire un tour, m'a demandé si elle pouvait dormir là ce soir, et dit qu'elle reviendrait d'ici deux heures.

Je retiens cela. Elle revient ce soir, et elle dormira ici cette nuit. Ce n'est pas raisonnable mais cela me rend heureux. Ne rien attendre de Laurence n'est pas facile, je me contente de savoir que, dans le trouble qui la traverse en ce moment, ma présence est une sorte de refuge.

14

Lola

Magali a mis un peu de temps à retrouver sa légèreté, Cha l'a aidée sans le savoir. Tandis que nous finissions de ranger toutes ensemble la vaisselle, un verre s'est échappé de ses mains et s'est brisé au sol. Tout le monde s'est figé. Magali a jeté un coup d'œil aux pieds nus des petites et leur a demandé de déguerpir. Quand elle s'est penchée pour ramasser avec une pelle les morceaux les plus importants, un rire lui a échappé, nous laissant perplexes, Charlotte et moi, avant qu'elle ne s'explique.

— J'ai fait un grand rangement des placards le mois dernier. Ce verre était le dernier d'une série que je n'aimais pas, je n'aime pas jeter, je m'étais résignée à ce qu'il quitte cette maison de sa belle mort, au hasard d'une vaisselle maladroite ! C'est amusant que ce soit arrivé si vite !

L'ambiance un peu pesante s'est envolée immédiatement, et nous avons ensuite passé une fin d'après-midi très agréable. Nous sommes descendues au centre de Veigné à pied, en passant par la forêt. Une petite demi-heure de marche que nous avons un peu regrettée au retour. Tandis que les filles s'amusaient dans l'eau sous l'œil vigilant de Cha restée au bord de la piscine, nous observions la scène, confortablement installées sur la terrasse du bar du camping municipal. Quand elles sont sorties de l'eau à la fermeture du bassin, elles ont investi la petite aire de jeux sablonnée. Magali nous a commandé deux verres de sangria, ils nous ont un peu tourné la tête. Cha avait rejoint un groupe de jeunes sur les bords de l'Indre, nous n'avons pas vu l'heure tourner. Le retour a été ralenti par nos fous rires, et par la fatigue de Juliette et Sophie, sous l'œil moqueur de Cha.

— On se demande qui sont les adultes par ici !

— Je n'ai jamais tenu l'alcool, c'est de la prévention Charlotte, justement ! Ne bois pas, ça rend bête ! a dit Magali.

J'aime vraiment bien cette femme. Elle est simple, drôle, et courageuse. S'occuper de ses filles et de sa mère toute seule, je lui tire mon chapeau, mais elle n'a pas l'air de trouver cela difficile ou fatigant. Elle part tous les ans en vacances et habite une jolie maison avec ses enfants en bonne santé, elle dit que cela la rend heureuse et qu'elle n'aspire pas à autre chose.

— Même à rencontrer quelqu'un avec qui tu pourrais partager un peu ton quotidien ?

— On ne peut pas tout avoir. Une mère célibataire, ou tout comme, c'est vite un handicap. Et je n'ai pas envie d'une histoire légère, c'est mon côté traditionnel, ou romantique. Je suis trop romantique pour l'époque je crois.

Un peu désinhibée, j'ai dit ce que j'avais dans la tête depuis le début de la journée.

— Ce ne serait pas un handicap pour mon frère.

Elle a répondu du tac au tac :

— Ton frère n'est pas libre. Et je crois qu'il ne m'a jamais vue autrement que comme une gentille voisine.

Elle s'est arrêtée de marcher et m'a regardé avec ses yeux rieurs.

— Ça se voit tant que ça ?

J'ai acquiescé en souriant à mon tour.

— Mon frère est un benêt. Il ne regarde pas dans la bonne direction.

— Tu dis cela parce que tu n'apprécies pas sa femme. Je me trompe ?

— Son ex-femme, précision, et pour être encore plus exacte, je n'apprécie pas les effets qu'elle produit sur lui.

— Vous êtes étonnants tous les deux, à vous protéger sans vous le dire.

— Pourquoi dis-tu cela ?

— Je ne sais pas, une impression, la manière que vous avez de vous regarder sans jamais y mettre de mots. Il a l'air inquiet pour toi. Il a des raisons de l'être ?

— Non, je ne crois pas. Peut-être…

À la fin de cette conversation, nous sommes arrivées au bout du chemin sans nous en rendre compte. Le dernier kilomètre est passé très vite. J'ai tout de suite vu que la voiture de Laurence était toujours là, cela m'a mise d'humeur maussade, et j'ai quitté Magali à regret.

Cha est montée dans sa chambre sans passer saluer ni son père, ni sa mère. Seule Belle a eu droit à une caresse sur son passage. Laurence était dans le canapé, un livre sur les genoux, et Ethan, dans la cuisine. Il m'a regardée en me demandant si j'allais bien, je l'ai rassuré, en essayant de lire dans ses yeux, cette inquiétude dont m'avait parlé Magali. Mais je n'ai rien vu. Je l'ai laissé à ses casseroles, j'avais besoin d'un peu de solitude, et j'avais envie de retrouver Antonin.

15

6e lettre à Antonin

Je crois que si tu es si attaché à ta belle région, c'est aussi parce que tu y retrouves ta famille. Tu as de belles racines, géographiques, familiales, amicales. Des racines que tu ne gardes pas jalousement pour toi, et que tu as tout de suite partagées. Je n'appréhendais pas la rencontre, mais je n'attendais pas un si bel accueil non plus. Je n'ai pas eu le temps de bien les connaître tous, mais je garde de belles images des moments passés avec eux. Ton frère a été particulièrement bienveillant avec moi, et je regrette d'être partie sans lui dire au revoir.

Bien sûr, parmi les tiens, il y en a quelques-uns qui ne m'ont pas vue arriver d'un bon œil, mais tu m'avais prévenue. Diane, la fiancée que tu avais quittée, celle que tu avais fini par fuir, le temps que sa colère et son chagrin s'en aillent, a été très présente dès le début. Au restaurant familial, à guetter tes pauses et à t'attendre à la fin de ton

service, sur les terrasses des cafés que nous avons fréquentés, et même sur les plages du centre au début. À croire qu'elle avait posé un GPS sur ton scooter. Je parle d'elle pour la première fois au bout de six lettres, je m'habitue, avant de parler du jour que j'appréhende tellement de te raconter. Mais ce que je ne t'ai pas dit, puisque c'est bien l'objet de ces lettres, c'est que je n'ai jamais douté de toi. Diane était là, mais c'était bien avec moi que tu étais heureux, et je le sentais.
Si seulement j'avais eu la moindre idée des conséquences de cette confiance aveugle.
Je t'embrasse de tout mon cœur. À demain.

16
Ethan

Je n'ai pas très bien dormi. Savoir Laurence dans la chambre à côté de la mienne m'a empêché longtemps de trouver le sommeil, et m'a réveillé à plusieurs reprises. Sa présence me déstabilise. Je ne parviens pas à me détacher des souvenirs qui reviennent, qui s'accrochent et m'écorchent, après s'être tenus à distance ces dernières années. Cela a commencé avec les e-mails, il y a ensuite eu sa venue inopinée quand elle a déposé Charlotte, et enfin, hier, son retour pour des raisons encore assez vagues. La succession des événements et son parfum qui flotte dans la maison, le même depuis toujours, me ramènent notre vie passée en pleine figure. Et comme je n'ai que de bons souvenirs, je suis d'humeur nostalgique et optimiste à la fois.

Je me suis levé aux aurores. Je n'ai qu'une envie, me retrouver sur le chantier pour prendre le large de ce quotidien qui ne ressemble en rien à ce que j'ai l'habitude de vivre. Je suis inquiet pour Lola, et mon sentiment d'impuissance face à son silence persistant me tord le ventre et m'embrouille la tête. Elle ne m'a toujours rien dit qui explique sa présence prolongée ici, et elle est terriblement solitaire. En dehors des moments qu'elle partage avec Charlotte, elle se réfugie dans la chambre bleue dont elle referme soigneusement la porte derrière elle. Elle qui encaisse tout d'ordinaire, qui affronte les problèmes et les bouscule jusqu'à ce qu'ils s'écroulent et abdiquent, semble cette fois complètement aspirée dans sa tourmente mystérieuse. Elle fait pourtant tout pour le dissimuler, elle fait semblant d'aller bien, à nier et à cacher ce qui la rend si triste. Je suis sûr qu'elle ne s'en rend pas vraiment compte, pas avec l'acuité avec laquelle je le perçois en tout cas.

Je crois que je préférerais l'entendre crier et pleurer plutôt que de la voir s'enliser dans cet état, derrière ce masque lisse et sans expression. Elle qui ne tient jamais en place d'habitude, elle ne s'est pas éloignée de la maison et du village une seule fois. Son téléphone qui sonne en permanence et émet des sons de notification qui me hérissent tellement semble éteint depuis son arrivée. Il faudrait que je trouve les mots, mais elle esquive chaque opportunité de se retrouver seule avec moi. Il en faut moins que cela pour décourager mes tentatives de dialogue, je ne suis pas du genre à forcer les choses, mais je suis persévérant.

J'arrive le premier sur le chantier. Normalement, j'aurais dû trouver pas moins de trois personnes déjà au travail. Je ne suis pas d'humeur indulgente ou compréhensive, tant pis pour le premier qui tombera sur moi.

17

Lola

J'ai guetté l'arrivée de Magali, Juliette et Sophie toute la journée. Ne sachant pas quoi faire de mon corps fatigué de ne rien faire et de trop penser, j'ai passé mon temps à m'assommer devant des séries sur l'ordinateur de Cha. Ma nièce est restée dans sa chambre, à rire et à parler fort au téléphone. Quant à Laurence, elle est partie à Tours et je n'ai pas de nouvelles. Je pensais qu'elle repartait aujourd'hui mais apparemment, elle a changé de plan.

Magali est arrivée, enfin. Elle a mis une robe colorée et s'est faite toute jolie, un peu de maquillage, du vernis sur ses ongles, et elle a relâché ses cheveux. Son sourire et sa légèreté me ragaillardissent tout de suite.

— Tu restes dîner avec nous ?

Elle marque son petit silence habituel, mais elle n'hésite pas longtemps :

— Ce n'était pas prévu, et je dois filer dans une heure maximum, mais ça me ferait plaisir, oui. Si ton frère n'y voit pas d'inconvénient ? Ah, et les filles ont déjà mangé.

Elle pose les deux sacs à dos miniatures des filles sur une chaise et poursuit en soufflant légèrement :

— J'ai hâte de passer en horaires de jour. En ce moment, les nuits sont compliquées, et j'ai beaucoup de mal à récupérer.

— Plus que trois jours, tu en vois le bout.

— Oui, et vous aussi, avec mes chipies tout le temps dans les pattes ! Vous allez retrouver un peu de normalité.

— Tu sais bien ce que je pense de tes princesses ici ! Elles sont adorables, elles dépoussièrent un peu la maison, cela ne nous fait que du bien !

Nous venons à peine de nous installer dans le jardin quand j'entends la voiture d'Ethan arriver. Nous nous levons, les filles sont déjà parties dans la chambre de Charlotte, et nous allons à sa rencontre. Mon frère a sa tête des mauvais jours, celle des journées ratées. Il nous salue à peine et file dans la cuisine. Je laisse Magali dans l'entrée en lui faisant comprendre en silence que je ne m'explique pas le comportement de mon frère, et je le suis. Dans la cuisine, il sort des placards plusieurs boîtes et retourne dans la pièce principale sans tenir compte de moi.

— Tenez Magali, je vous ai lavé vos Tupperware, depuis le temps que je les stocke ici, vous devez être complètement dépouillée chez vous.

Tout cela d'une traite et sans aucun sourire, brut, à la frontière du dédain. Et il la laisse en plan, avec sa jolie robe et son vernis sur les ongles, et retourne dans la cuisine.

— Ethan ! je crie presque. Magali va rester dîner ici ce soir avant de…

Magali m'arrête en me touchant le bras.

— Laisse.

Mon frère daigne revenir parmi nous, il a déjà mis son tablier et l'impatience se lit sur son visage. Malgré tout, il fait preuve d'un minimum de courtoisie, si l'on peut dire cela.

— Oui bien sûr, au point où nous en sommes, il y aura bien assez à manger pour trois personnes de plus.

Je n'ai pas le temps de préciser que les petites ont déjà mangé. Magali me prend de court.

— Lola, je suis sotte. Je viens de me rappeler que j'ai une amie qui passe ce soir.

Elle regarde ensuite Ethan, je vois bien qu'elle se sent mal. Malgré tout, elle s'adresse à lui d'une manière enjouée :

— Vous allez être tranquille ! Je me suis arrangée plus vite que prévu, les filles ne vont plus dormir chez vous dès ce soir.

Mon frère marmonne quelque chose d'incompréhensible et reste planté devant nous. Il ne sort rien de désagréable. Vu son humeur, je me dis que c'est déjà ça. Magali tourne les talons et va chercher les filles à l'étage. En redescendant, elle nous salue avec son grand sourire, et une tonne de larmes sur le point de couler.

Ethan la regarde partir sans réagir plus que ça et retourne à ses casseroles. J'ai envie de lui crier dessus, de lui jeter à la figure ce que je pense de son attitude d'ours insupportable, de son manque d'empathie, de son aveuglement, et de l'égoïsme dont il fait preuve à rester centré sur sa vie routinière et solitaire. Mais ça ne sort pas. Tout reste coincé dans ma gorge. Cha est descendue, elle me demande pourquoi les filles ne sont pas restées finalement, et je lui sers le mensonge de Magali. À quoi bon envenimer les relations entre le père et sa fille, je sens que ces deux-là se réapprivoisent, et Cha lui en voudrait énormément d'être à l'origine du départ des filles. Je jette un coup d'œil sur la table et je vois que Magali a laissé les fameuses boîtes que lui rendait mon frère, qu'il lui jetait à le figure serait une image plus appropriée. Elle a dû les poser quand elle s'est emparée des sacs à dos des filles. Je les prends et je traverse le chemin pour les lui rendre.

J'ai frappé plusieurs fois mais la porte ne s'est pas ouverte. J'attends encore un peu car j'entends du bruit dans la maison, mais rien ne se passe. Je pourrais traverser dans l'autre sens, mais je ne suis pas encore prête. La contrariété gronde encore. À la place, je m'assieds sur un imposant bloc de granit, long et plat, qu'on dirait tombé du ciel. D'ici, je vois complètement notre maison, enfin, celle d'Ethan, avec davantage de recul que j'en ai jamais eu. C'est une belle demeure. La façade est quelconque, blanche, refaite régulièrement, mais Ethan a su lui donner du cachet, c'est indéniable, en faisant courir une glycine entre les différentes fenêtres et la porte d'entrée, dont les feuilles généreuses chatouillent en cette saison les ardoises du toit. Les volets, de couleur ocre, égaient l'ensemble et rappellent la couleur de la barrière en bois, au pied de laquelle fleurissent presque en toute saison des plantes de toutes sortes. Mon frère a un talent pour conjuguer les différentes espèces.

Mes souvenirs sont tellement pluriels dans ces lieux. Jusqu'à mes six ans, nous avons été une famille à peu près normale. Je me rappelle mes parents à la sortie de l'école, l'un ou l'autre, parfois les deux, ensemble. Passé l'année du cours préparatoire, c'est Ethan qui était là le plus souvent, à la sortie du centre de loisirs. Nos parents commençaient à davantage s'envoler. Nous avons vécu cinq années ainsi, presque tous les deux. Ce sont les plus belles de mon enfance. Entre six et onze ans, si je convoque mes souvenirs, les belles images affluent. Ethan avait dix-huit ans quand il a hérité de la situation. Je peux concevoir qu'il n'avait pas imaginé passer ainsi ses premières années de jeune adulte. Les parents, et moi aussi, lui ont un peu volé la liberté de sa jeunesse.

Et puis il y a eu Laurence, de plus en plus souvent, jusqu'à ce qu'elle soit enceinte de Cha, et le départ, définitif cette fois, des parents. J'avais treize ans, je prenais le bus pour aller au collège, je goûtais aux premiers moments d'indépendance. Ce fut une période un peu blanche, je ne savais pas trop à quelle place m'installer, au milieu de ce couple tout frais qui allait bientôt avoir un bébé, et qui faisait un peu disparaître mon frère.

Enfin, Cha est arrivée. Un nourrisson tumultueux, une enfant très active, qui ne tenait pas en place, à toujours vouloir jouer, expérimenter, inventer, tester, risquer même, quelquefois… J'ai adoré être cette jeune tante, de l'âge d'une sœur presque, et la voir grandir, en profitant de l'espace qu'on me laissait à ses côtés.

À dix-huit ans, j'ai hésité à partir, mais les finances ne permettaient pas trop mon émancipation, et la fac n'était pas si loin, accessible par le train. Je suis restée deux ans avant de prendre la chambre universitaire et un petit boulot à Tours. Je revenais de temps en temps, la petite famille s'était comme resserrée avec mon départ. Cha était toujours surexcitée quand je venais, mais je me suis lassée de l'impression de déranger Laurence, sans être soutenue par mon frère. J'ai vite pris le large.

J'aime bien cet endroit, mais je le préfère depuis qu'elle est partie, même si elle a planté la graine de la tristesse dans le cœur d'Ethan, et l'a rendu plus brut encore qu'il ne l'était déjà.

La porte s'ouvre et le bruit me sort de ma rêverie.

— Qu'est-ce que tu fabriques dehors ?

— Bah, j'attendais que tu ouvres !

Je montre les Tupperware qui gisent à mes pieds.

— Je t'ai rapporté tes boîtes.

— Satanés Tup', je vais les jeter.

— Mais non, tu n'aimes pas ça, jeter les choses.

— Allez entre.

Je la suis dans la cuisine, et je pose ce que j'ai dans les mains sur le plan de travail. Magali fait un aller-retour, ferme la porte qui donne sur les chambres des filles, et me rejoint.

— Je regardais une vidéo avec elles, je ne t'ai pas entendue frapper. Je t'ai aperçue par la fenêtre quand j'ai tiré leurs rideaux.

— Comment tu as fait ? Pour le travail ? Ce soir ?

— Ah ça. Eh bien j'ai dépanné une collègue un nombre incalculable de fois, sans jamais lui demander de renvoyer l'ascenseur. Elle me prend les trois prochaines nuits. Demain matin j'appelle, et je demande un congé exceptionnel.

— Je suis désolée pour l'attitude de mon frère.

Elle met de l'eau dans une casserole, ajoute du sel, et sort un paquet de pâtes. Elle attend presque une minute avant de me répondre.

— Ne t'inquiète pas. Une personne normalement constituée ne l'aurait pas mal pris. Je me suis monté la tête comme une adolescente, et en retour, je me suis sentie ridicule. Mais je ne peux m'en prendre qu'à moi-même.

— Il a quand même été super désagréable.

— Il est comme ça.

— On fait quoi maintenant ?

— On fait comme avant. Chacun chez soi ! Toi et ta nièce, vous venez quand vous voulez. Enfin, sauf pour les prochains jours, nous ne serons pas là, mais dès notre retour, la maison vous est grande ouverte.

— Tu pars ?

— Oui, tu vois, ça m'a donné un coup de fouet, l'épisode de ce soir.

À travers la fenêtre de la cuisine qui donne sur le chemin, j'entends une voiture. Je me tourne et je vois Laurence qui se gare et qui sort de son véhicule, téléphone à la main, en plein milieu d'une conversation vraisemblablement animée. Je soupire malgré moi. Magali a suivi du regard ce qui se passait dehors, et a dû remarquer ma réaction. Elle verse les pâtes dans l'eau.

— Tu veux dîner ici ? Je mets pour deux ?

J'acquiesce, et j'attends qu'elle illustre son dernier propos, sans la bousculer.

— Quand je suis rentrée tout à l'heure, j'ai appelé ma collègue pour les nuits, et juste après, j'ai téléphoné à une amie qui tient un gîte que nous adorons, les filles et moi. En Normandie. Coup de chance, il est libre en ce moment. On décolle demain matin. Une de mes tantes prendra le relais auprès de maman. Il lui reste deux semaines en maison de repos pour sa rééducation.

Je ne sais pas pourquoi, mais cette annonce me donne le vertige, j'ai une nausée subite et je m'assieds sur la chaise la plus proche. Magali effectue le même mouvement que moi et s'assied sur celle située face à la mienne. Elle pose ses coudes sur la table, les mains jointes, le menton posé dessus, et m'observe quelques instants avant de me dire d'une voix claire et enjouée :

— Et si je t'emmenais ? Quelques jours au bord de la mer, pour te changer d'air ?

J'essaie de sourire, mais tout comme ma colère contre Ethan tout à l'heure, rien ne sort. Elle me prend la main :

— Cela me ferait plaisir. Et Juliette et Sophie, je n'en parle même pas !

— C'est gentil, mais non. Je ne peux pas.

— Tu peux changer d'avis, ce soir, demain, et après même. On part dix jours.

Je reprends peu à peu mes esprits. Ma gorge, qui s'était serrée de manière irrationnelle, se détend un peu.

— Je vais profiter du plat de spaghettis avec toi, et puis je vais rentrer, essayer de régler mes soucis.

Je ne sais pas trop moi-même ce que j'entends par « mes soucis ». Parler à mon frère, finir mes lettres à Antonin, faire mes comptes, décider de l'endroit où je vais habiter, chercher du travail… Mais Magali n'est pas Ethan. Elle ne laisse pas ma phrase s'éteindre sans m'en demander davantage.

— En quoi je peux t'aider ? Pourquoi tu ne me racontes pas ce qui t'arrive ?

— Ça m'aide d'être là. De te voir réagir d'une manière si positive à tes petites galères, de trouver des solutions simples à des problèmes dont tu pourrais faire une montagne.

Elle ne répond pas. Elle serre juste un peu plus fort ma main avant de la lâcher. Elle se lève et va remuer un peu les pâtes.

— Pesto ou tomates ? Parmesan ? Gruyère ? Vache qui rit ? Oui, j'ai cédé sur cet aliment ! Le pouvoir des suppliques enfantines est redoutable.

Elle réussit à me faire sourire.

— Beurre et vache qui rit, ce sera parfait. Régressif à souhait.

— C'est parti alors.

Je la regarde préparer le repas et poser les assiettes sur la table. Je ne fais rien, je me laisse faire. À nouveau, elle a attaché ses longs cheveux ébène, et il n'y a plus de trace de rouge à lèvres sur son visage. Seul subsiste sur ses ongles la trace de la coquetterie dont elle a fait preuve un peu plus tôt. Je l'imagine nettoyer sa peau quand elle est rentrée tout à l'heure, déçue et meurtrie par l'attitude de mon frère. Mais peut-être est-ce parti tout seul.

— Tu sais, ce gîte, c'est une solution simple à beaucoup de problèmes. Il y a un grand jardin, un pommier généreux en plein milieu, la mer à cinq cents mètres, et des lits immenses et confortables ! J'ai trente-huit ans, Lola. Ce soir, j'ai réagi comme une gosse de quinze ans, allez, seize ou dix-sept peut-être, mais la perspective de me retrouver là-bas demain après-midi me permet de laisser cela derrière moi et de passer à autre chose.

Je ne sais pas si je serai toujours là quand elles reviendront. Dix jours, c'est tellement long. C'est le temps qui s'est écoulé depuis que je suis arrivée. Le temps que nos vies se croisent et s'enlacent déjà fermement. Je n'ai pas envie de dire tout cela à Magali, pas envie d'assombrir ce moment doux que nous partageons. Alors quand elle me raccompagne à la porte, je lui souhaite juste de bonnes vacances et je lui demande d'embrasser les filles le lendemain matin. Elle me glisse un papier dans la main et m'embrasse en me serrant dans ses bras.

— Là-dessus, il y a l'adresse et le numéro de téléphone du gîte, et le mien. Au cas où.

18

Ethan

Charlotte est partie.

Dans la nuit, ou au petit matin, je ne sais pas.

Elle a laissé un mot à mon attention et à celle de Laurence :

Je pars quelques jours. Ne vous inquiétez pas. Pas la peine de téléphoner.

Elle n'a pas dit comment elle partait. À pied, en stop, si quelqu'un passait la chercher au bout du chemin. Rien qui puisse nous laisser un quelconque indice.

Elle n'a rien laissé transparaître qui puisse annoncer cette décision. Hier, je suis rentré éreinté, après une journée que j'ai passée à ronger mon frein. Plus les heures avançaient, et moins je retrouvais mon calme. La faute à ma nuit grise, ou à cet appel de Laurence vers midi, qui me disait qu'elle allait passer « voir des gens » à Tours, et qu'elle reviendrait en fin de journée, avant de repartir aux aurores le lendemain matin. Le sentiment qu'elle prenait la maison pour une chambre d'hôtes, qu'elle me quittait une seconde fois, en me laissant avec mon espoir stupide, m'a rongé tout l'après-midi. J'ai poussé l'équipe à bout, et je me suis fait rappeler à l'ordre par Manelle. « Va dormir ou prends sur toi, mais laisse les gars bosser Ethan, je ne veux pas d'un chef qui crie sur son équipe sous mon toit, ou sous ce qu'il en reste, plutôt. »

J'ai rongé mon frein, j'ai ravalé mes paroles, et je me suis décidé à parler à tout le monde le soir même. J'étais envahi par tous les non-dits. Lola, Laurence, et même Charlotte, elles semblaient toutes faire fi de ce que ces silences pouvaient produire sur moi. Il était temps de parler et de mettre les choses à plat.

Le chantier a connu une succession d'incidents, mineurs, mais contrariants, ce qui n'a en rien arrangé mon humeur. Quand je suis rentré à la maison, gonflé de mes résolutions et fermement décidé à ne pas flancher, Lola et la voisine étaient là. J'avais oublié que les petites revenaient dormir, et la perspective du dîner avec tout ce monde, aussi sympathique soit-il, a fait s'écrouler comme un château de cartes tous mes plans.

Et tout s'est enchaîné comme ça jusqu'à la tombée de la nuit. Lola est partie et on ne l'a pas revue avant deux bonnes heures, Laurence est arrivée au moment du repas, et nous nous sommes attablés tous les trois. Pour la première fois depuis huit ans. Pas vraiment le moment de vider son sac. Plutôt celui d'essayer de le savourer. Sauf que cela n'a pas été vraiment possible. Charlotte est arrivée avec son casque vissé sur les oreilles et son portable à la main. Je l'ai sermonnée, sèchement sans doute, puisqu'elle a posé l'ensemble sur la table du salon et qu'elle n'a plus prononcé un seul mot par la suite. Et Laurence, eh bien, ignorant complètement la scène qui venait de se dérouler sous ses yeux, a passé le dîner à répondre à des messages en invoquant le degré d'urgence élevé d'un dossier, et a à peine relevé la tête. À la fin du repas, je me suis retrouvé seul dans le salon, avec toutes les phrases que j'avais construites dans ma tête pour rien. J'ai malgré tout essayé de retenir Laurence avant qu'elle ne monte dans sa chambre.

— Ethan, je suis exténuée, excuse-moi, on parle demain, tu veux bien ?

— Mais demain, tu pars, non ?

— Ah oui, on s'appellera, ok ?

Puis Lola a rentré la tête dans ses épaules et a filé dans sa chambre elle aussi, en marmonnant un « bonne nuit » à peine audible.

Au moins ce matin l'aventure de Charlotte a-t-elle l'avantage de ramener tout le monde autour de la table, sans téléphone, ni yeux enterrés dans le sol. J'ai découvert le morceau de papier de ma fille à six heures trente. Je suis allé réveiller Laurence immédiatement, et Lola, alertée par nos voix, vient de nous rejoindre au salon.

— Qu'est ce qui se passe ? demande-t-elle d'une voix encore endormie.

Je lui tends le papier dont je connais chaque mot pour les avoir lus et relus depuis tout à l'heure.

— Mais qu'est-ce que ça veut dire ? Vous vous êtes embrouillés hier soir ou quoi ?

Nous nous regardons, Laurence et moi, avant de répondre par la négative d'une même voix.

— Je vais me faire un café et mettre un pull, il fait froid là.

Elle revient peu après, elle a dans les mains une enveloppe blanche.

— Il y avait ça sous ma porte, je ne l'ai pas vu tout à l'heure, j'ai marché dessus en allant chercher mon pull.

— Eh bien ouvre-la ! demande Laurence d'une voix dans laquelle l'angoisse se mêle à l'impatience.

Lola décachette l'enveloppe et la lit d'abord pour elle avant de nous la tendre.

M'en veux pas de te laisser ma Lola, mais j'ai besoin d'air. Les parents sous le même toit, je pouvais pas imaginer pire, et comme Juliette et Sophie désertent les lieux, je vais retrouver mon copain, ça va me changer les idées. Je te donne des nouvelles, mais te fais pas de bile pour moi, je suis grande maintenant. Love U.

— C'est qui son copain ? Je demande. Pourquoi je ne suis pas au courant ?

Je regarde Lola, puis Laurence, qui semble être la seule un peu informée à ce sujet.

— Un garçon du lycée, ça fait quelques mois qu'ils sont ensemble je crois.

— Tu le connais ? Il s'appelle comment ? Tu as son numéro de téléphone ?

Elle ne baisse pas les yeux, mais je vois qu'elle n'en mène pas large.

— David je crois. Mais je n'en sais pas plus.

— Super… Et tu ne saurais pas où il habite, par hasard ?

— Il a une chambre à Nantes, mais je ne sais pas où il est cet été.

Lola brandit le papier que notre fille a laissé :

— C'est pas le bout du monde non plus. Elle est majeure, elle vous prévient, elle vous dit de pas vous inquiéter. Elle a besoin d'air, c'est écrit là, elle va revenir après.

— Elle est peut-être majeure, mais je t'assure qu'elle est pas près de voler toute seule. Bon, je boucle ma valise et je file à Nantes, elle va peut-être repasser par la maison. Ethan, tu essaies le téléphone quand même ?

— Ok.

Comme prévu, le répondeur de Charlotte m'accueille directement. Je ne sais pas quoi laisser comme message, je raccroche avant le déclenchement de l'enregistreur. À ma montre, il est déjà sept heures trente. Laurence descend les escaliers, passe en coup de vent dans la salle de bains, et est déjà dans l'entrée, valise à la main.

— On se tient au courant ? Je t'appelle quand je suis arrivée.

— Ok.

Et voilà. Plus de fille, plus de Laurence, Juliette et Sophie à nouveau chez elles, et Lola dans sa chambre. Je me sens curieusement idiot au milieu de ma maison, tout seul.

19

7e lettre à Antonin

Je t'écris aux aurores.
On arrive à la fameuse journée.
Notre dernière journée.
Il y a deux semaines, tout pile.
Le temps ne s'est jamais autant étiré que depuis ces quatorze jours. C'était une grosse journée au restaurant. Tu m'avais demandé si je pouvais donner un coup de main au bar, et j'avais accepté, bien sûr. J'aime cette tradition dans votre famille. Tous les étés, vous aidez votre père pendant la haute saison, en prenant sur vos propres congés. L'idée est généreuse et sympathique. Ce soir-là, tout le monde était crevé, et nous n'avions qu'une hâte, fermer la boutique et aller boire un verre sur le port. Ton père et ton frère ont proposé d'en prendre un sur place, dans le jardin intérieur, pour fêter le taux de fréquentation depuis le début de l'été, et le

papier flatteur qui venait de sortir dans un guide en ligne assez réputé. Et on a tous dit oui, sauf toi. Tu voulais passer la fin de soirée avec moi. Tu ne voulais pas traîner. J'ai un tout petit peu insisté, et tu n'as pas résisté. Tu m'as dit : « Juste un verre, et après je t'emmène ailleurs. »
Déjà à cette étape, si c'était à refaire, je me serais abstenue de toute remarque, et je t'aurais laissé m'emmener où tu voulais sans discuter.
Ton père a sorti des bonnes bouteilles. Il a rempli les verres au fur et à mesure qu'ils se vidaient, ou même avant qu'ils ne se vident. Quand nous sommes sortis, j'avais la tête qui tournait un peu, tu m'as dit que tu préférais descendre la Canebière à pied plutôt que de prendre le scooter, signe que toi non plus, tu n'étais plus très sobre.
Nous aurions dû rentrer chez nous. Renoncer à ce verre. Nous avions bien assez bu et nous étions crevés. Nous avons marché vers le Mucem, en longeant le port à notre gauche, et nous nous sommes un peu enfoncés dans le Panier. Le bar que tu voulais me faire découvrir était vraiment charmant, dans une rue piétonne, avec une terrasse atypique. Il était parfait, à une exception près. À peine étions-nous installés que Diane est arrivée et s'est assise à notre table. J'ai cru que tu allais t'emporter vraiment, je t'ai vu serrer les dents, et amorcer le mouvement

de te lever et de l'éconduire physiquement plus loin. Je t'ai retenu par le bras, et je t'ai demandé d'écouter ce qu'elle avait à nous dire. Là encore, bien mal m'en a pris, je suis tellement désolée de ne pas t'avoir laissé faire à ta manière.
Je t'embrasse de tout mon cœur. À demain.

20

Ethan

Je me suis tenu à carreau toute la matinée, sous le regard vigilant de Manelle qui ne perd pas une miette de l'avancée du chantier. Si le temps continue d'être clément, nous pourrons poser les premières ardoises dès le début de la semaine prochaine.

Laurence m'appelle à l'heure du déjeuner. Elle m'a laissé plusieurs messages mais j'avais laissé le téléphone dans la voiture. Je ne suis pas plus inquiet que cela au sujet du départ de Charlotte. Je regrette, et je suis contrarié qu'elle soit partie en catimini, mais je crois deviner, à la réaction de Laurence, qu'elle n'aurait peut-être pas donné sa bénédiction si Charlotte nous avait prévenus. Et puis, je suis déjà passé par là avec Lola. Laurence devrait s'en rappeler aussi, elle était là, à l'époque des premières frayeurs. Lola avait quinze ans quand elle a découché la première fois. Mais elle n'avait pas laissé de mot, et elle était partie en colère. J'en ai été malade toute une semaine, bloqué du dos, même après qu'elle était rentrée. J'étais tellement soulagé quand elle était réapparue que j'en avais oublié de l'engueuler. En revanche, je lui avais fait promettre de toujours me prévenir et de me dire où elle se trouvait à l'avenir, même fâchée après moi ou contre le monde entier. Je connais peut-être moins ma propre fille que ma petite sœur au même âge, je ne l'ai pas vu traverser l'adolescence au quotidien, mais je sais que c'est une gosse raisonnable et sérieuse. La preuve en est, elle a attendu que les filles de Magali soient parties de la maison pour prendre la poudre d'escampette. Et elle nous a laissé un mot. Je lui fais confiance, je ne suis pas inquiet, et elle est majeure.

Je décroche, et pour la première fois, je sens qu'elle perd son calme. Sa voix est plus haute, le débit rapide, et l'angoisse est palpable.

— Ethan, elle a pris ses affaires, elle est passée à la maison et elle a vidé la moitié de ses placards. Sa grosse valise a disparu, et son ordinateur aussi. Et pas de mot cette fois !

— Eh bien ça colle avec la note qu'elle a laissée à Lola. Elle est partie retrouver son David et elle a récupéré quelques affaires avant.

— Mais comment elle a fait ? Je suis partie à huit heures moins le quart et je ne me suis pas arrêtée. Elle n'avait pas de voiture !

— On lui demandera quand elle reviendra.

— Mais comment peux-tu rester aussi calme ?!

J'essaie de rester sourd à son stress qui ne cesse de monter et de la ramener au calme avec des arguments et des propositions réalistes :

— Tu dois bien connaître quelques-unes de ses amies, l'une d'entre elles sait sans doute où habite ce David ?

— …

— Laurence, tu connais ses amies quand même ?

— Tu sais, à cet âge, c'est déjà compliqué de communiquer, alors les confidences sur les relations… Elle ne me raconte presque rien.

— Regarde un peu dans son bureau, il doit bien y avoir quelques indices, un petit répertoire, un Post-it, je ne sais pas ?

— Je vais essayer, mais ça m'étonnerait, tout est sur son téléphone à mon avis.

— De toute façon, je ne suis pas convaincu que cela soit une bonne idée.

— Je veux juste l'entendre, savoir où elle est, et si elle va bien ! En plus elle n'a pas d'argent, comment veux-tu qu'elle se débrouille ?

— Elle a son compte d'épargne quand même ? Je verse de l'argent dessus depuis sa naissance et elle peut l'utiliser sans autorisation parentale depuis qu'elle est majeure.

— Ah non ! Mais pourquoi tu ne me l'as pas dit ?!

Ça y est, elle crie. Jamais je ne l'ai entendue crier, et cette réaction semble provoquée par l'idée que Charlotte puisse disposer de son argent comme bon lui semble.

— Il faut que tu viennes, Ethan, je ne vais pas y arriver toute seule.

— Je ne vais pas venir, Laurence. Elle ne veut pas de nous. Rien ne justifie qu'on remue ciel et terre pour la retrouver tout de suite. Si ça dure trop longtemps, on avisera, mais pour l'instant, fais-lui confiance, ça va passer.

— Viens s'il te plaît ! Viens pour moi !

Je ne suis pas sûr d'avoir bien entendu. Laurence doit sentir ce doute car elle répète la même phrase, sans s'énerver cette fois.

— Viens pour moi, s'il te plaît…

Je n'en reviens pas de prononcer les mots suivants. Il faut croire que mon amour-propre a été un peu trop écorché la veille, qu'il se rebelle, puisque je refuse à Laurence ce que je crève pourtant d'envie de faire.

— Tu n'as pas besoin de moi non plus.

Elle se tait, comme si j'allais ajouter quelque chose. Et c'est plus fort que moi, j'ajoute :

— On se rappelle demain ? On avisera, d'accord ?

— D'accord.

Et elle raccroche.

21
Lola

Le départ, la fuite de Cha plutôt, me propulse quinze ans en arrière.

J'étais en seconde, à la fin de l'année scolaire. Je vivais une histoire qui enflammait tous mes sens, une histoire que je pensais être la première à vivre de la famille, tant les couples qui évoluaient autour de moi semblaient installés dans un confort dénué de toute passion. Je la taisais donc. Je la vivais en cachette, dans ma tête et en dehors de la maison. Il me semblait que je ne respirais qu'aux côtés de ce garçon, un peu plus vieux, et qui posait sur moi un regard inédit. Il allait faire une fête pour ses dix-huit ans. Ses parents étaient partis pour la semaine et il avait l'appartement pour lui. Il n'était pas imaginable que je n'en sois pas.

J'avais donc prévenu Ethan quinze jours auparavant. L'avant-veille, j'avais abordé le sujet au moment du repas, par sécurité, pour ne pas prendre mon frère de court au cas où il aurait oublié. Il ne voulait pas que je prenne le train seule, et les deux lycéennes qui m'accompagnaient en semaine n'étaient pas de la fête. Il avait accepté. Il avait dit qu'il m'accompagnerait vers vingt et une heure, et qu'il viendrait me rechercher le plus tard possible. J'avais obtenu une heure du matin. Il faisait déjà un gros effort, alors je n'avais pas poussé le bouchon plus loin. Il n'aurait jamais accepté que je dorme chez une personne inconnue, un garçon de surcroît, et plus vieux que moi, le comble. Je m'étais satisfaite de ce compromis équitable. Mais ce soir-là, pendant ce repas, deux jours auparavant, il avait ignoré, ou feint de ne pas entendre, ma question. J'avais insisté, en répétant plus fort :

— Tu te rappelles que j'ai une soirée samedi soir ?

Il avait regardé Laurence qui l'observait, et m'avait répondu quelque chose comme :

— J'avais oublié Lola, ça va être compliqué samedi, nous avons du monde à la maison.

Sans laisser le silence s'installer, j'avais enchaîné :

— C'est pas grave, je peux me débrouiller, pour une fois, je peux prendre le train, non ? Je t'appelle quand j'arrive ?

— Et tu rentres comment ?

— …

Tandis qu'il cherchait, je le devinais, à trouver une solution qui ne renie pas sa promesse, le langage non verbal de Laurence était éloquent. Tout en regardant Charlotte manger, elle avait levé un sourcil, crispé finement la commissure de ses lèvres… Juste ce qu'il fallait pour que mon frère sente qu'il était en train de se laisser marcher sur les pieds, mais sans qu'elle ait le courage de le dire elle-même.

Le silence avait duré un peu. J'étais allée au bout de mon idée quand même :

— C'est samedi soir, je te promets que je prends le premier train dimanche matin, et que je suis là pour le petit déjeuner.

Laurence s'était levée en toussant, et avait disparu dans la cuisine. Mon frère avait hoché la tête d'un air désolé :

— C'est une soirée importante pour elle, des amies qu'elle n'a pas vues depuis longtemps.

— Mais tu m'avais dit oui ? Et puis ce ne sont pas tes amies à toi, et tu passeras quand même le gros de la soirée avec elles ?

Nous chuchotions presque. Si nous avions eu cinq minutes de plus à nous, nous aurions trouvé un accord, mais Laurence était revenue avec ses petits-suisses, et avait précipité la réponse d'Ethan.

— Désolée Lola, je sais que je t'avais promis, mais ce sera pour une prochaine fois.

À partir de là, j'avais dû crier, dire qu'il n'y aurait pas de prochaine fois, Laurence m'avait fait la morale parce que je m'énervais devant Charlotte, que je ne montrais pas l'exemple, j'avais dû lui répondre quelque chose de désagréable qui m'avait valu une remarque de mon frère, et j'étais sortie en claquant la porte.

J'avais pris le train, j'étais arrivée à Tours, et j'avais trouvé l'objet de mon amour très occupé avec une fille de sa classe.

J'étais revenue, désespérée, en colère contre tout le monde et surtout contre moi. Humiliée et triste à la fois. J'avais contourné la maison, et j'avais passé la nuit dans le cabanon de mon frère, allongée sur un transat en plastique blanc. Le lendemain matin, dès l'aube, au bout de mes larmes et de ma fatigue, j'étais revenue à la maison par la porte d'entrée, et j'étais tombée dans les bras de mon frère en lui demandant pardon.

Son visage après une nuit blanche passée à s'inquiéter est encore aujourd'hui imprimé dans ma mémoire. Après cela, nous nous étions mis d'accord. Plus de frayeur.

Cha a entendu cette histoire. De ma bouche, et je pense aussi de celle de son père. Et même si elle a dix-huit ans, et n'est pas tout à fait dans la même situation que moi à l'époque, je lui suis reconnaissante d'avoir laissé ces mots, soulagée de ne pas voir le visage marqué de mon frère réapparaître.

22

Ethan

Et voilà. Il pleut. Nous allons prendre trois jours dans la vue, c'est sûr. Impossible de laisser les gars sur le toit avec ce temps. Il tombe à verse, tout glisse, le risque de chute est trop important. Je passe au bureau et je rentre tôt. Lola est sortie de sa chambre, elle a mis des bûches dans la cheminée, en plein mois d'août, et s'est enveloppée sous une couverture devant les flammes. Je m'approche d'elle, pensant la découvrir en plein sommeil, mais elle est bel et bien réveillée, les yeux dans les flammes. Je m'assieds près d'elle, soulève la mèche qui lui barre le visage.

— Tu es malade ?

Elle dit non de la tête.

— Fatiguée ?

Elle acquiesce.

— Tisane des merveilles ?

Maintenant, elle sourit. Un sourire triste, mais un sourire. La tisane des merveilles est un mélange de feuilles de tilleul et de fruits séchés que nous avons inventé ensemble dans une autre vie. Quand nous étions tous les deux, et que nous cherchions un remède pour faire disparaître les boutons de varicelle qui rendaient Lola si malheureuse. Le lendemain de l'invention de cette décoction, les démangeaisons avaient cessé miraculeusement, et nous avions fait de cette tisane celle des guérisons de corps et de cœur.

Je reviens avec deux bols fumants posés sur un plateau. Les pouvoirs de la tisane des merveilles ne fonctionnent que si elle est partagée.

— Il y a de l'orage au-dessus de mon petit nuage ? Qu'est-ce qui ne va pas ?

— Tu ne m'as pas appelée comme ça depuis le collège… J'avais presque oublié.

Je l'avais appelée comme ça un jour de grand malheur. Notre chienne de l'époque avait eu un accident, elle ne s'en était pas sortie. Lola, qui exprimait chacune de ses émotions au centuple depuis sa naissance, n'avait pas une larme qui coulait. Je l'avais comparée à un nuage gonflé de pluie. Elle s'était mise à pleurer instantanément et n'avait plus cessé pendant presque trois jours. J'avais gardé cette image quelques années, moi aussi, je l'avais presque oubliée, mais l'expression surgissait à propos.

Elle arrange les coussins derrière elle, reste songeuse encore un instant, et puis elle ajoute :

— Tisane des merveilles, feu de cheminée, et mon frère à côté, j'ai juste besoin de ça pour aller mieux.

Je m'assieds dans le fauteuil, le vieux club en cuir rouge qui a traversé toutes les époques de ma vie. Belle, allongée aux pieds de Lola, tourne la tête vers moi, comme pour s'assurer que tout le monde est à sa place, avant de la reposer sur ses pattes.

Lola porte le bol à ses lèvres et approuve la tisane.

— Fruits rouges ?

— Baies et mûres de l'été dernier. Un peu de pommes aussi.

— Pas mal.

Elle prend encore une gorgée, je devine qu'elle essaie de retrouver les parfums maintenant. Puis elle garde le bol entre les mains et reprend :

— Ethan ?

Comme elle est allongée dans le canapé dans le sens de la longueur, et moi dans le fauteuil, nous sommes de profil l'un par rapport à l'autre, et à moins de tourner la tête, nous parlons sans nous regarder.

— Oui ?

— Laurence a appelé.

— Ah. Ici aussi.

— Hum hum. Douze fois. J'ai compté. Ou je débranchais, ou je décrochais.

Je la laisse venir. Je parie sur « débrancher ».

— J'ai décroché.

— Ah ?

— Il va falloir que tu y ailles.

— Où ça ?

— La retrouver. Lui tenir la main, la secourir, lui mettre la tête dans une grande bassine d'eau fraîche, je ne sais pas, mais là, il n'y a que toi qui puisses la calmer, je pense.

— Elle a son monsieur L.

— Il s'appelle Grégoire.

Je hausse les épaules. Elle continue.

— Je sais pas ce qu'il fiche, mais il a pas l'air d'être très utile en ce moment.

— Charlotte a besoin d'air, elle ne veut pas qu'on soit dans ses pattes. Je ne vais pas encourager l'obstination de Laurence dans cette direction.

— Soit. Mais il faut que tu la ramènes à la raison pour qu'elle entende tes arguments.

— J'ai plein de boulot, il y a la maison de Manelle… Ça n'avance pas comme ça devrait.

— Arrête. Il va pleuvoir pendant trois jours, et tu n'es pas cogérant maintenant ? C'est pas censé apporter un peu d'indépendance en plus des problèmes ?

— Je t'ai parlé de ça ?

— Non, mais je connais Manelle depuis toujours moi aussi. Elle prend des nouvelles de temps en temps, et elle en donne aussi.

Elle se tourne vers moi, en s'appuyant sur un coude.

— Alors ?

— Je ne te laisse pas. Ou alors je t'emmène.

Elle se retourne et retrouve sa position précédente.

— Plutôt mourir ! Déjà, quand elle est dans son état normal, je suis pas fan de Laurence, alors en mode hystérique, je passe mon tour. Pas question.

— Vous ne vous êtes jamais entendues toutes les deux…

— Tu parles pas souvent, ni beaucoup, mais quand tu le fais, tu dis des trucs intelligents, tu sais ?

— Pourquoi le courant n'est jamais passé ?

— Ouh là… Si tu veux aller par là, tu vas vite trouver.

— Une histoire de jalousie ?

— De territoire, je dirais plutôt. Un manque d'espace entre ma zone paternelle vitale et ses ongles manucurés.

— Fraternelle, tu veux dire.

— Je pensais qu'on s'évitait les détails.

— Tu viens pas. Je pars pas. C'est comme ça.

— Oh, si, tu pars. Tu vas lui rendre l'épaule qu'elle t'a offerte quand j'ai disparu une nuit, la rassurer, faire la paix pour de bon, et si tu pouvais aussi décider une fois pour toutes de ce que tu veux avec elle, ça aiderait Charlotte aussi.

— Je ne te suis pas.

— Pas grave. File. On débriefera après.

— Pas ce soir. J'ai envie de rester avec toi.

— Je crois que tu ne m'as rien dit d'aussi gentil de toute ta vie.

— C'est parce que tu as oublié. Ou que tu criais trop fort, tu n'entendais pas.

— J'oublie rien, ça m'encombre, d'ailleurs.

Je me reçois sur la figure un coussin que je n'ai pas vu partir.

— Et ça, c'est pour la fin de ta phrase !

Les mots s'éteignent. J'ai rapproché un peu mon fauteuil du canapé. Je touche son front, pour m'assurer qu'elle n'a pas de fièvre, quand même. Ma main reste là ensuite, à la frontière de ses cheveux. Comme quand elle était petite.

— Tu vas faire quoi pendant ce temps-là, toi ?

— J'ai un truc à finir. À ton retour, je te raconterai.

23

8e lettre à Antonin

Diane s'est assise. Elle a commandé un gin. C'était pas le premier de la soirée et tu lui as fait la remarque. À ce moment-là, je ne savais pas comment allait tourner la soirée, j'avais encore envie d'essayer de tourner les choses avec le plus de légèreté possible. Je me suis moquée de nous deux, en disant que nous n'étions pas de toute fraîcheur après le pot au restaurant. Ça n'a fait rire ni Diane ni toi. Tu as provoqué le début de la discussion, tu lui as demandé ce qu'elle voulait. Elle a répondu qu'elle voulait un dernier moment avec toi. Vous avez eu une sorte de dialogue de sourds et je me suis levée. J'avais envie que notre histoire puisse exister sans la surprise de voir la silhouette de Diane se dessiner à chaque coin de rue, envie que tout soit mis à plat une fois pour toutes. Et j'avais un peu bu, in vinos veritas, j'ai dit ce que je pensais tout fort. Je t'ai embrassé, je t'ai dit que je rentrais à la

maison, de prendre ton temps, qu'on avait plein de soirées à venir tous les deux.
Je ne t'ai pas dit que je t'aimais de tout mon cœur.
Et je suis rentrée, je me sentais bien, légère, comme si cette soirée allait marquer un nouveau départ.
Je t'embrasse de tout mon cœur. À demain.

24
Lola

Je me suis donné une journée pour finir mes lettres. Je me rends bien compte qu'elles sont de plus en plus courtes. Chaque moment que je couche sur le papier me blesse et me guérit à la fois. Quand j'aurai terminé et que je serai fixée sur le sort de mes courriers, je mettrai les autres chantiers en route. Pour le moment, je me traîne, et Belle m'encourage à continuer. Le temps est gris, il pleut presque sans arrêt, la maison s'est refroidie d'un coup et tout le monde me manque. Le tourbillon de Cha, le rire de Juliette, l'énergie de Sophie, et même mon idiot de frère. La soirée que nous avons passée ensemble hier soir explique à elle seule pourquoi je n'ai jamais réussi à lui en vouloir de ses frasques d'ours sauvage. Il est brut aussi dans sa tendresse et dans son amour. J'espère que Laurence ne va pas le démolir, encore.

Dans le salon, il y a une armoire vitrée remplie de DVD et d'albums photos. Je m'en approche et j'étudie les différents rayons. J'ai une journée d'entière liberté devant moi, j'hésite entre un des classiques de mon frère (les films sont naturellement rangés par ordre alphabétique de réalisateurs, et chronologiquement), et les albums photos sont ordonnés avec la même méticulosité. Ethan a conservé son appareil photo argentique, sans jamais céder à l'instantanéité du numérique. Ça gâche la surprise du développement, avance-t-il. Sur l'étagère, le dernier album commence en 2010, et c'est le seul à ne pas mentionner de date de fin. C'est l'année où Laurence est partie, celle où les photos se sont taries. Je prends celui de 1997, je m'installe dans le club rouge de mon frère et j'ouvre la couverture rigide. Sur la première page, comme sur tous les autres albums, figurent quelques notes qui résument les principaux événements. Je tourne les pages les unes après les autres. Si on ne connaît pas mon frère, on ne peut pas soupçonner combien il déteste les anniversaires, leur cortège de gâteaux à bougies, de paquets enrubannés, et de chansons traditionnelles. Malheur à celui qui lui fête le sien, et courage à celles et ceux qui l'invitent à célébrer le leur. En 1997, j'ai dix ans, et malgré son aversion, l'album est parsemé de photos de cet événement. Avec les parents, revenus pour l'occasion, et avec des amies de mon école. J'en garde un souvenir heureux et joyeux, comme tous ceux que j'ai passés à ses côtés. Voilà ce qui définit mon frère. Un caractère sans rondeur, des idées arrêtées sur beaucoup de choses, un manque de savoir-vivre, souvent, une franchise maladroite qui cachent un altruisme absolu.

Les pages défilent, c'est notre dernière année tous les deux. J'avais dû lui prendre l'appareil quelquefois, et j'avais réussi à lui voler quelques instants : je le vois en train de tailler les rosiers, de relire une de mes rédactions sur un grand cahier rouge, et de cuisiner. Belle n'était pas encore arrivée, et notre chienne précédente s'était fait écraser. À quelques exceptions près (mes photos d'anniversaire notamment), nous sommes toujours seuls, lui ou moi, sur les clichés. L'autre avantage, hormis la surprise, des photos à l'ancienne, c'est qu'on hésitait à se séparer des clichés, sauf s'ils étaient vraiment ratés. Ethan est économe, il n'aime pas jeter l'argent par les fenêtres, et il a donc gardé toutes les photos que j'ai prises de lui, même si je l'entends encore pester à ce sujet. « Les photos, ça sert à voir les enfants grandir ou les paysages changer, passé l'âge de vingt ans, à quoi bon ? Pour se voir vieillir ? Garde les pellicules pour des sujets plus intéressants s'il te plaît ! » Je referme l'album un peu rapidement. Il me rend nostalgique et je n'ai pas besoin de cela. Je vais chercher quelques bûches, je vais refaire un feu. Celui d'hier soir m'a fait du bien. Je suis frigorifiée depuis hier, pourtant, la température reste douce mais il me semble que l'humidité extérieure s'est engouffrée dans la maison et qu'elle gagne chaque centimètre cube que je respire.

25

9e lettre à Antonin

Je suis rentrée chez nous. C'était déjà devenu « chez nous », même si je n'osais pas le dire devant toi, de crainte que tu me trouves trop empressée. J'aurais dû. Je suis sûre que cela t'aurait fait plaisir.

Avant cette nuit, la personne que j'étais avait le sommeil facile et lourd. Je n'étais pas préoccupée par la conversation que tu étais en train d'avoir avec Diane, j'en étais presque à l'initiative. Il me tardait d'être au matin, de te retrouver. J'avais envie que la nuit passe le plus vite possible. Je savais que tu ne ferais rien pour interrompre mon sommeil, ou que tu te découragerais devant la profondeur de celui-ci. J'ai quand même ouvert les yeux plus tôt que d'habitude. J'avais oublié de tirer les rideaux, et je devais sentir la place vide à côté de moi. J'ai jeté un coup d'œil au réveil, et je me suis inquiétée quand j'ai vu qu'il était déjà huit heures. Je suis allée chercher mon portable au fond de mon sac, et j'ai compris tout de suite que la journée venait de basculer.

26
Ethan

Je dois admettre que Manelle et son fils, mon collègue, ami et patron à la fois, ont eu un drôle d'air soulagé quand je leur ai dit que je partais un jour ou deux. Je n'ai pas cherché à comprendre. Un jour, Lola m'a dit qu'à force de tout garder pour moi, j'en montrais plus que quiconque sur mon visage. Ils ont eu l'air content de ne plus m'avoir dans leur champ de vision, pour quelque temps en tout cas.

J'ai fait promettre à ma sœur de m'appeler si elle avait besoin que je rentre rapidement. Je ne sais pas ce qu'elle me cache, mais elle aussi, elle laisse beaucoup de choses transparaître à force de les garder à l'intérieur, et je n'aime pas ce que je vois.

La route est facile et plutôt agréable. J'essaie d'en profiter avant d'arriver chez Laurence. À l'idée d'entrer dans la maison qu'elle partage avec monsieur L., quel que soit son nom, il portera le même que tous ceux qu'elle a connus en dehors de moi, j'ai déjà le tournis.

J'arrive vite. Un peu trop tôt. Je ne suis pas prêt. Je n'aime pas être loin de chez moi et je donne trop d'enjeux à cette nouvelle rencontre, sur son territoire à elle. Ils habitent le long de l'océan, à quelques kilomètres de Pornic, face à l'île de Noirmoutier que l'on devine à l'horizon. Je me gare et je vais marcher sur la plage. Il est midi, le soleil est à peine voilé par quelques nuages, la marée basse découvre des roches noires saillantes, couvertes de coquillages qu'on dirait fossilisés. Je reste sur l'allée bétonnée qui longe la plage, je n'aime pas le sable. Quand j'ai marché une demi-heure, je reviens sur mes pas et je l'appelle. Elle décroche avant même que j'aie entendu la fin de la première sonnerie.

— Ethan.

— Je suis arrivé. On se retrouve dans un café pour commencer ?

C'est la parade que j'ai imaginée pour y aller en douceur, par paliers de décompression en quelque sorte. J'ai besoin de me délester de mes souvenirs heureux, de mes espoirs que je sais stériles, pour rester concentré sur l'unique objet qui doit nous préoccuper : Charlotte. Pour que notre fille aille bien, il faut que Laurence se mette à respirer à nouveau normalement et la laisse s'envoler. Je suis là pour cela. L'aider à reprendre une respiration normale, alors que moi-même, j'ai le souffle coupé dès qu'elle est dans un périmètre de quelques mètres autour de moi.

— Il y en a un sur la plage, il doit y avoir encore quelques tables libres à cette heure. Il est à l'extrémité de la promenade en bois, ça te dit quelque chose ?

— Oui, je suis passé devant. On s'y retrouve.

Je suis en réalité à quelques mètres du café-restaurant dont elle me parle. Le propriétaire a installé son service dans trois espaces complémentaires ; la première terrasse est directement posée sur le sable, la seconde, sur un plancher dont une partie est abritée derrière une cloison vitrée qui coupe du vent, mais pas de la vue, ni du soleil, et la dernière est à l'intérieur. J'hésite entre le calme et la lumière, et j'opte finalement pour une table sur la terrasse extérieure. Je n'ai pas vu un bord de mer depuis des années, je m'installe dos au soleil. J'essaie d'observer les enfants qui jouent sur la plage, mais je guette malgré moi la silhouette de Laurence sur la promenade. Elle arrive plus rapidement que ce que j'escomptais. Je crois me tromper dans un premier temps mais plus elle approche, et moins le doute est permis. Elle est bien accompagnée d'un homme. Si elle est venue avec lui, je ne reste pas, il n'en est pas question. Je sors ma monnaie, règle mon café et me lève. Quand je pose à nouveau les yeux à l'endroit où elle se situait, je la vois désormais seule, à l'arrêt, puis en mouvement vers moi, à nouveau.

Je ne suis pas le seul à la regarder arriver. Elle fait cet effet-là. À tout le monde. L'effet d'une célébrité de magazine, d'une star de cinéma. « Tu la connais ? Tu sais qui c'est ? », ai-je souvent entendu dire sur son passage. Laurence n'est pas célèbre pourtant, elle est juste hypnotisante. Belle, élégante, démarche assurée, et ce je-ne-sais-quoi qui m'a rendu fou. Elle est déjà là, elle reste un moment debout à observer la mer, avant d'ôter ses lunettes de soleil et de me regarder :

— Tu ne m'embrasses pas ? dit-elle d'un air légèrement étonné, comme si nous avions eu coutume de nous embrasser pour nous saluer.

Elle l'a fait il y a quelques jours quand elle est arrivée chez Magali, mais c'était bien la première fois. Je me lève, glisse deux baisers furtifs sur ses joues, et je me rassieds, curieusement gêné.

Je ne sais pas quoi dire, alors je me tais. Elle laisse ce silence se prolonger un peu, commande un café allongé quand le garçon s'approche et me regarde.

— Tu n'as pas eu de nouvelles ?

— De Charlotte ? Non. Je n'en attends pas dans les jours qui viennent. Et toi ? Tu as essayé de joindre ses amies ?

— J'ai eu l'une d'entre elles, oui. Celle qui joue au volley avec elle.

— Je ne savais pas qu'elle avait repris le volley.

— Hum.

— Et ?

— Alors elle me confirme qu'elle est partie avec son petit ami. Il s'appelle bien David, je ne me suis pas trompée là-dessus au moins. Mais elle n'a rien voulu me donner d'autre. Ni le numéro de téléphone du petit copain, ni son adresse.

— Tout va bien alors ?

À cet instant, je me demande pour quelle raison Laurence m'a fait venir.

— Tu l'as su quand ?

— Hier soir, assez tard. Ethan, je voudrais lui parler.

— Tu lui parleras plus tard. Elle n'en a pas envie pour le moment.

— Avec toi, elle acceptera. C'est toi qu'elle a voulu aller voir quand on s'est disputées.

— Mais elle est repartie aussi. Elle veut découvrir la vie sans ses parents. Laissons-lui la possibilité de le faire. Cela ne va pas durer. Elle sait que tu t'inquiètes, ce n'est pas un monstre.

Laurence n'a plus l'air aussi désemparé. Je pose la question qui me brûle les lèvres.

— Pourquoi m'as-tu demandé de venir ? La véritable raison ?

Elle se tortille un peu sur sa chaise, reprend une gorgée de café, dit qu'il est chaud, remet ses lunettes de soleil sur son nez.

— J'avais envie que tu voies où nous habitons. Où ta fille vit. D'entendre ce que tu en pensais.

Je ne vois toujours pas où elle veut en venir, mais je la laisse chercher ses mots et en venir au but.

— Je me sens seule. J'ai besoin de parler de ce qu'on traverse avec Charlotte, mais aussi de son avenir. J'avais envie de passer un moment avec quelqu'un avec qui je me sens en sécurité.

Je suis perdu dans ses explications.

— Laurence, on peut parler au téléphone, et quand tu es venue me voir, tu as eu plusieurs occasions de parler. Et pardon, mais, tu n'es pas seule il me semble…

— Ça coince un peu avec Grégoire ces derniers temps. Les tensions avec Charlotte n'ont rien arrangé. Je t'épargne les détails mais on se sépare.

Voilà. Mon ex-femme m'appelle pour guérir sa blessure. J'ai attendu des années qu'elle prononce ces mots-là, mais je ne m'étais pas préparé à les entendre.

Je réponds que je suis désolé, ce qui est vrai d'une certaine manière, parce que je ne lui souhaite pas de mal.

— Pas moi, me renvoie-t-elle.

Il va me falloir un travail important pour faire abstraction de cette nouvelle. Ne pas en tenir compte dans le regard que je porte sur elle. Tout se bouscule, pourquoi est-ce qu'elle me le dit ? Est-ce que cette séparation est à l'origine de son revirement dans ma direction ? Est-ce que tout cela n'est qu'une coïncidence ?

— C'était lui sur la promenade avec toi tout à l'heure ?

— Oui. Il voulait venir. J'ai refusé. Il a peur que je le quitte pour te retrouver. Il part en voyage deux jours. Il faut que je m'organise pour la suite. Je ne vais pas continuer à habiter chez lui, tu comprends ?

Je crois que je n'ai surtout pas envie de l'entendre me parler de tout cela. Je commence à deviner les contours des échanges à venir, et je vais m'enliser dans une situation dont je ne me remettrai pas, je suis lucide.

— Je n'aurais pas dû venir. Je vais y aller.

— S'il te plaît, non ! Reste un peu.

— Pourquoi ?

— Pour nous. Juste un répit dans ce bazar. Quelques heures, un jour ou deux, un moment tous les deux, en paix. Je ne t'ai jamais rien demandé, Ethan.

Elle a raison. À part un peu d'argent ces derniers temps. J'aurais aimé, pourtant, qu'elle me sollicite davantage, pour elle, pour notre fille, mais ça, elle l'ignore.

— Si tu veux, je reste aujourd'hui. Je repars demain.

La phrase est sortie avant que je la forme dans ma tête. Cela ne m'arrive jamais. Mon étonnement doit se lire sur mon visage car elle se met à rire.

— Je t'invite à déjeuner pour fêter ça ! Ici, ça te va ?

Je hoche la tête. Tout ce qu'elle pourrait me proposer m'irait. Même rester toute la journée ici à ne rien faire.

27

10ᵉ lettre à Antonin

C'était ton frère. Un SMS au milieu de la nuit, deux appels manqués à l'aube. Pas de message vocal. Quelques mots laissés sur l'écran, laconiques, et dangereux : « Rappelle-moi. Antonin a eu un accident. »

Je me suis mise à trembler de tout mon corps. J'ai appuyé sur trop de touches à la fois, mon téléphone est tombé. J'ai réussi à me calmer et à recommencer. Mon premier appel est allé sur son répondeur, j'ai réitéré, et cette fois, il a décroché :

— Lola, t'étais où ?

— Qu'est-ce qui se passe ?

— Antonin a eu un accident de voiture.

— Mais enfin ? Je ne comprends rien... Je l'ai laissé dans le Panier hier soir, à pied, il ne voulait que discuter avec Diane. Dis-moi qu'il va bien !

— On ne sait pas encore. Je suis à l'hôpital. C'est lui qui conduisait, quelqu'un lui est rentré dedans.
— Quel hôpital ?
— La Timone...
— J'arrive.
— Lola ?
— Oui ?
— Je te préviens, c'est grave.
J'ai attrapé un casque et j'ai dévalé les escaliers. J'ai pris ton scooter et je suis arrivée à l'hôpital en dix minutes. J'ai réussi à savoir où tu étais en demandant à trois personnes. Un dimanche matin, les lieux n'étaient pas encore très encombrés.
J'ai été arrêtée par des portes à l'entrée du dernier couloir. « Réservé aux personnes autorisées ».
— Il ne faut pas rester là madame, a dit un homme en blouse blanche qui en sortait.
— Mon ami est là, je voudrais le voir.
— Si vous faites partie de la famille, vous pouvez demander un badge à l'accueil, sinon, il faut attendre ailleurs.
J'ai rappelé ton frère. Le répondeur. Toujours. Morte d'inquiétude, je suis retournée dans l'entrée où l'on m'a refusé le badge. Je serrais mon téléphone si fort dans ma main que j'en avais des fourmis jusqu'au coude. Et puis je les ai vus. Ton frère, ta mère, arriver du couloir que je venais de quitter, blêmes, gris. Ta mère a failli tomber,

ton frère l'a rattrapée et ils sont restés accroupis tous les deux. Je voyais les sanglots soulever son corps. Une sorte de paralysie a commencé à me gagner à force de les voir ainsi au sol. J'étais plantée comme un piquet dans le hall de l'hôpital. Une forme s'est approchée de moi, droite, un pas vif, la tête droite. C'était Diane, qui avait obtenu le Graal pour franchir les portes interdites, qui venait vers moi. Son visage était abîmé, couvert de plaies, et elle avait le bras gauche en écharpe, mais sinon, elle avait l'air indemne. Je voyais qu'elle se rapprochait mais je ne pouvais pas décrocher mes yeux du corps effondré de ta mère dans les bras de ton frère. Je me refroidissais à chaque seconde qui passait. Diane s'est postée devant moi et m'a dit :

— Tout ça, c'est de ta faute. Si tu ne me l'avais pas pris, il aurait fini par me revenir et rien ne serait arrivé.

J'étais toujours aspirée par la scène immobile qui se jouait quelques dizaines de mètres derrière elle. Sans bouger, je lui ai demandé :

— Dis-le-moi, Diane.

— Qu'est-ce que tu veux que je te dise ?

— La vérité. Qu'est-ce qui est arrivé à Antonin ?

Elle ne répondait pas, alors j'ai lâché ta famille des yeux et je les ai plantés dans les siens pour la forcer à me répondre. Le silence, encore. J'ai répété, plus fort :

— Qu'est-ce qui est arrivé à Antonin ?

Et puis, en chuchotant, presque, tant les mots me terrifiaient :

— Il est mort, c'est ça ?

Elle n'a rien dit. Elle a juste hoché la tête, et elle s'est mise à pleurer.

Mon corps s'est effondré de l'intérieur. L'image de ton corps sans vie s'est imposée à moi. Elle était insoutenable. Je l'ai rejetée de toutes mes forces. Je voulais que tu sortes de ce couloir, que tu m'appelles et que tu m'emmènes loin de là. J'ai soutenu son regard, j'ai fait un pas en arrière, et j'ai tourné les talons.

28
Ethan

Je suis dans une faille temporelle. Laurence n'est pas partie il y a huit ans, notre fille ne s'est pas enfuie chez son petit ami, ma petite sœur s'amuse dans sa vie d'hôtesse de l'air et m'envoie des cartes postales à chacune de ses escales.

Après notre déjeuner, nous avons marché le long du sentier côtier en observant les pêcheries, ces cabanes qui soutiennent de larges filets tendus au bout de longues perches, en admirant la puissance de la marée qui recouvrait les plages et venait lécher les roches au-dessus desquelles nous marchions. Nous sommes allés jusqu'à Pornic, nous avons mangé une glace sur le port, arpenté les ruelles comme tous les autres touristes, et nous sommes rentrés en fin d'après-midi, quand la mer commençait à descendre à nouveau. Tu as pris une douche, j'ai préparé du thé, tu m'as montré la chambre de Charlotte, comme si elle allait rentrer d'une minute à l'autre, nous n'avons parlé de rien qui puisse nous ramener à nos préoccupations respectives.

Après m'être douché et changé à mon tour, j'ai trouvé sur la table du salon un plateau télé garni de pain, de fromage et de vin, et une pile de DVD.

Tu n'as pas regardé ton téléphone, je n'ai pas pensé que nous étions dans la maison d'un homme qui partageait ta vie.

Au moment du générique de fin, tu as pris ma main.

29

IIe lettre à Antonin

J'ai décidé que tu n'étais pas mort. Je ne serai jamais prête à accepter cette idée. J'ai évité toutes les personnes qui porteraient la nouvelle sur leur visage, et je me suis dépêchée de récupérer des images et des objets qui témoignaient de notre bonheur ensemble. Tu n'étais pas là, j'allais te faire venir à mes côtés.

J'ai commencé par le restaurant familial. Le dimanche midi, il y a le dernier service de la semaine. Comme prévu, ton père n'y était pas. J'ai quand même vérifié si, parmi les garçons présents, il n'y en avait aucun du cercle proche. J'ai joué à la cliente qui cherchait les toilettes et je me suis faufilée jusqu'aux vestiaires. J'ai pris ta veste en cuir et je suis ressortie avec. Je ne la quitte plus depuis, comme ça, je suis tout le temps dans tes bras. Je suis passée à l'appartement, j'ai décroché quelques photos, pas toutes, j'ai pris ton parfum et tes lunettes de soleil. Et c'est tout.

J'ai rempli ma valise avec le principal de mes affaires, j'ai mis les clés dans une enveloppe et je les ai glissées dans la boîte aux lettres de ton voisin, comme tu faisais quand tu partais. Et j'ai marché avec toi jusqu'à la gare, pour attendre le prochain train pour Paris.

Depuis deux semaines, je ne te quitte pas. Mais j'ai tellement de regrets. Des mots que je ne t'ai pas dits, des questions que je ne t'ai pas posées, mes mains te cherchent, ta peau me manque, ton rire résonne tout le temps. Je veux que rien ne s'efface mais je ne parviens pas à façonner, sur le papier, le portrait encore si fin que je veux conserver à jamais. Il y aura toujours les photos, mais comment vais-je faire pour ne pas que disparaissent ta démarche, tes sourcils concentrés quand tu réfléchis ? la manière que tu as de tenir ton verre et de parler devant tout le monde ? ta voix chaude et cassée ?

C'est ma dernière lettre. Je n'ai pas pu te dire au revoir, tu n'as pas su combien je t'aimais. C'est tout ce que j'ai trouvé pour réparer. Nous n'avons jamais parlé de ce que nous souhaitions faire de nos corps si nous avions un accident, on ne parle pas de cela quand on est ensemble depuis quelques mois, et qu'on a tout juste trente ans. Mais je pense qu'à l'heure qu'il est, tu vogues sur les eaux de la Méditerranée, parce que tu n'aurais pas voulu t'asphyxier sous terre avec tout ce bleu

au-dessus. Je vais mettre mes mots et mes regrets dans une enveloppe à ton nom et à notre adresse, et je brûlerai tout ça. Je jetterai les cendres dans l'Indre, elles n'iront pas dans ta mer, mais elles vogueront aussi.
Je t'embrasse de tout mon cœur. Adieu.

30
Ethan

Il n'y a pas eu davantage que cette main posée sur la mienne pendant plusieurs minutes. Ou à peine plus. J'ai caressé sa joue, puis sa nuque, et je me suis levé. Nous n'avons pas parlé. Elle m'a montré la chambre d'amis, et j'ai refermé la porte derrière moi. J'ai lutté des heures pour ne pas aller la rejoindre, la nuit rend courageux, ou stupide. La peur d'être rejeté a été plus forte que l'envie de la serrer dans mes bras et j'ai fini par sombrer dans un sommeil tourmenté.

Je me suis réveillé un peu perdu dans cette chambre inconnue. Une sorte de vide au creux du ventre qui m'a donné l'impression de ne pas être au bon endroit. Je l'ai comblé en sortant en ville, en laissant le silence de la maison étrangère derrière moi. J'ai pris un café au soleil et je suis entré dans une boulangerie pour acheter du pain frais. J'ai dû m'absenter plus longtemps que ce que j'avais imaginé, car, au retour, Laurence était réveillée, habillée en tenue de sport, allongée sur un tapis bleu installé sur la terrasse, à étirer ses jambes et son dos.

La maison ne donne pas directement sur la mer, mais on l'aperçoit quand même car les habitations voisines ont été construites avec un léger décalage, de sorte qu'à travers les jardins, chacun bénéficie de son coin d'océan. Je ne la dérange pas, je pose le pain sur la table et je fais chauffer de l'eau, comme si nous étions dans une maison de location. C'est un peu l'impression que les lieux me donnent. Il y a peu d'objets personnels, pas de photos, tout est impeccablement rangé et propre. Je cherche le thé et le fais infuser pour elle, et je me prépare un café que je déguste dans le canapé face à la baie vitrée. Une sonnerie met fin à ce moment. Laurence se retourne et me voit, me salue d'un grand sourire, et se lève pour aller décrocher. En passant près de moi, elle me touche le bras. À l'entendre parler, je devine que c'est professionnel. Cela ne dure pas très longtemps, elle sort un court instant sur la terrasse et revient une fois que la conversation est terminée.

— Une escapade gourmande, ça te tente ?

— Je t'écoute.

— Je ne travaille pas cette semaine, RTT, mais deux collègues sont retenus ailleurs, il y a un nouveau restaurant qui a ouvert cette semaine du côté de Saint-Nazaire, c'est pour nous si ça te tente ?

— Tu peux y aller accompagnée ?

— C'est négocié comme ça. Pour le dîner. Pour l'hôtel, on avisera.

— Pour l'hôtel ?

— C'est un guide de restauration et d'hébergement. Si je ne dors pas là-bas, comment tu veux que je donne mon avis ?

— Effectivement.

— On partira en début d'après-midi. J'aime bien repérer les environs avant.

— Comme tu veux.

— Je veux ça !

Je souris parce qu'elle emploie une formule bien familière. Laurence n'a jamais été une femme qui hésite. Et sur ce point-là non plus, elle n'a pas changé.

31

Lola

Ça y est, mes lettres sont dans l'enveloppe. Je la regarde et je pense de toutes mes forces à nos derniers moments ensemble, aux projets que je ne ferai pas avec lui, et à mes derniers mots pour lui ; sa démarche, ses sourcils froncés quand il réfléchit, la manière qu'il a de tenir son verre, sa voix chaude et un peu cassée… Les dernières phrases de la dernière lettre, comme pour imprimer ce portrait vivant dans ma mémoire. Je veux ajouter quelques fleurs dans cette enveloppe. Pas les fleurs du jardin d'Ethan, des fleurs sauvages, que je vais aller cueillir sur le bord des champs. Quand je reviendrai, je les glisserai dans l'enveloppe et je ferai ce que j'ai décidé. Réduire en cendres les mots enfermés, pour les libérer et les offrir à la rivière.

Au bout du chemin, après le pont en bois qui surplombe le Bourdin, et qui n'a aucune utilité en cette saison car le cours d'eau est presque à sec, il y a de vastes champs de pommiers. Plus loin, ce sont des tournesols. Je longe les différentes parcelles et je m'arrête à chaque fois qu'une couleur m'attire. Je ne sais pas dire pourquoi, mais j'aimerais faire ce bouquet avec mon frère, j'aimerais lui dire, maintenant, tout ce que j'ai traversé et combien j'ai mal d'avoir perdu mon fiancé. J'ai envie qu'il sache qui il était, et comme j'aurais aimé qu'ils se rencontrent.

Mon bouquet est terminé. Je l'aime beaucoup. Il est joyeux et sauvage. Je rebrousse chemin, satisfaite. Le soleil tape moins fort. En passant devant la maison de Magali, j'ai une pensée pour elle et les filles. Je compte rester quelques jours encore, mais je serai sans doute partie quand elles reviendront. Elles me manqueront, c'est sûr, mais il faut que j'avance. Ici, cela me semble compliqué. À chaque jour suffit sa peine, dirait Ethan. Aujourd'hui, je tourne une première page. Demain il faut que je commence à écrire la prochaine et que je réfléchisse à la suite. Rallumer mon téléphone portable sera une première épreuve, le défi du premier jour.

Je ne vois pas tout de suite qu'il y a quelque chose d'étrange dans la maison. Je suis assoiffée et je me sers un grand verre d'eau. Puis je reviens vers le salon, je pose mon bouquet sur la table, et je cherche à comprendre. Je balaye la pièce des yeux, je retourne dans la cuisine, je vais même dans la chambre, on ne sait jamais. Je ne comprends rien du tout, c'est complètement absurde. Rien n'a bougé, pas même le bocal avec les dizaines d'euros que mon frère stocke en cas de besoin, posé bien en évidence sur la cheminée. Rien n'a bougé, sauf une chose. L'enveloppe que j'ai préparée et qui contient mes onze lettres n'est plus sur la table. Elle a tout simplement disparu. Envolée.

Je m'assieds, j'ai la tête qui tourne et les jambes qui flanchent.

32

Ethan

Laurence prend des photos depuis que nous sommes rentrés dans la ville. Elle me parle, me raconte ce qu'elle aime sur cette côte ouest, et je l'écoute. Quelque chose a changé en elle, mais je ne mets pas le doigt dessus. Je vis ce que je désire depuis longtemps, j'ai l'impression qu'elle revient vers moi. Elle ne me parle pas de nous, mais elle m'ouvre les portes de sa vie et elle ne l'avait jamais encore fait. Elle sollicite mon avis, elle évoque des projets dans lesquels je pourrais avoir une place, des vacances avec Charlotte, tous les trois, quand elle reviendra, l'aider à trouver un appartement dans lequel je pourrais les retrouver quand je voudrais. Les phrases s'impriment en moi et pansent de vieilles blessures. Elles me font du bien.

Elle a réservé une chambre à l'hôtel. Elle me prend le bras et m'entraîne vers le bar avant le dîner.

— C'est une chambre triple, me glisse-t-elle à l'oreille en souriant, comme pour me rassurer de je ne sais quoi.

Je l'arrête, je retire le bras qu'elle a coulé sous le mien, et je la regarde. J'ai l'impression que nous sommes décalés l'un par rapport à l'autre, que nous n'avons pas les mêmes attentes dans la drôle de situation que nous sommes en train de vivre.

— Laurence ? Qu'est-ce que tout cela veut dire pour toi ?

— Comment ça ?

— Ton bras sous le mien, le restaurant, l'hôtel avec une chambre pour deux…

— Deux lits, je t'ai dit !

— Oui, deux lits. Je suis venu parce que tu m'as appelé à l'aide et là…

Elle semble réfléchir à sa réponse.

— Viens, on va boire un verre.

Elle commande pour nous deux, deux verres de vouvray, une allusion à nos vies passées. Je ne contredis pas sa commande, je la laisse faire. Elle attend que nous soyons assis pour poursuivre :

— Je suis un peu perdue en ce moment. Ce que nous étions me manque. On se connaît si bien. Ça me fait du bien d'être avec toi, ça me rassure, j'ai moins peur, c'est aussi simple que ça.

Comme je ne rebondis pas, elle m'observe en silence. Elle a attaché ses cheveux, ils frisent encore davantage avec l'air marin, j'aime beaucoup quand elle abandonne son allure lisse et tirée à quatre épingles. Elle lève son verre et l'approche du mien :

— Et si on essayait juste d'en profiter sans trop réfléchir ? Une sorte de parenthèse ?

Ce n'est pas du tout mon genre de profiter sans réfléchir. Et elle a dit cela avec la voix qui tremblait, presque à fleur de peau. Je n'ai pas envie de la voir s'effondrer, et je n'ai pas envie de courir le risque de tout arrêter non plus. Je reprends juste :

— Profiter sans réfléchir…

L'autoconviction, cela fonctionne. Nous passons une soirée délicieuse, c'est indéniable. La distance entre nous deux s'efface d'heure en heure. Nous parlons librement, de Charlotte surtout, de ce que nous avons vécu avec elle, quand elle était enfant avec nous, puis, chacun de son côté.

— Et ce jour où elle est revenue avec un chat qu'elle avait trouvé sur le chemin ?

— Elle m'a fait céder sur un lapin et un hamster, sans compter les poissons rouges.

— Les poissons rouges, ça ne compte pas. Moi j'ai failli craquer sur un serpent.

— Un serpent ! crie-t-elle.

— Oui, j'ai pensé à ta réaction quand elle t'en parlerait, et j'ai tenu bon !

Nous rions beaucoup. Elle me fait remarquer qu'elle ne m'a pas souvent vu rire, et qu'elle me trouve très beau quand je me laisse un peu aller. Je me sens rougir. Profiter sans réfléchir… La soirée glisse en douceur et en bonheur jusqu'au café. La note arrive, puis je propose d'aller marcher un peu en ville.

— Je n'ai pas l'habitude de dîner aussi copieusement, j'ai envie de me dégourdir un peu les jambes.

— Je te suis, je passe chercher mon manteau et je te rejoins dehors.

Je la regarde traverser la salle qui s'est déjà bien vidée, je profite de sa silhouette de dos. Quand elle disparaît derrière le mur qui dissimule le vestiaire, je me lève et je rejoins la rue.

Je ne sais pas combien de temps je l'attends, mais j'ai rapidement l'impression que la soirée ne se poursuivra pas comme je l'avais escompté.

33

12e lettre à Antonin

Cher Antonin.

Je m'appelle Charlotte, je suis la nièce de Lola.

Je sais, cela ne se fait pas de lire le courrier personnel de quelqu'un, mais la curiosité est l'un de mes (nombreux) défauts. Attention, je n'ai pas tout lu, juste les trois premières lettres que ma tante t'a écrites. Après, j'ai juste compté. Elle t'a donc écrit onze lettres, elle les a mises dans une enveloppe et, la connaissant, elle va la laisser moisir dans la maison de son frère (mon père, donc) pendant des semaines, voire des mois, avant de se décider à te les envoyer. Si jamais elle se décidait à te les envoyer...

Je te tutoie, j'espère que ça ne te dérange pas ?

Donc je prends les choses en main, je vais à la poste et je te mets tout ça dans la boîte sans traîner.

Je ne sais pas ce que tu as fait à ma Lola, mais s'il y a moyen que tu me la rendes comme elle était avant, s'il te plaît, trouve-le.
Je n'ai lu que le début, mais ça s'appelle de l'amour ou je n'y connais rien, même si je n'y connais pas grand-chose encore, je dois dire (quand on se connaîtra, je te parlerai de David à l'occasion mais on n'en est pas là encore). Même à moi, ça m'a fait des émotions, alors quoi qu'elle ait fait, et même si tu lui en veux de je ne sais quoi, je suis sûre que tu changeras d'avis et que tu auras envie de la revoir vite après avoir lu ça.
Je te laisse mon numéro en dessous, parce que son téléphone est en situation d'abandon et je pense que tu ne pourras pas la joindre. Et au cas où, je te mets aussi l'adresse de mon père, là où elle est en ce moment.
Bon, à un de ces quatre j'espère.
Charlotte.

34

Lola

Je ne sais pas quoi faire. Je me sens si mal à cause de mes lettres envolées. Est-ce que je perds la raison à force de rester enfermée avec mes histoires dans la tête ? Je voudrais qu'Ethan soit là, j'ai envie de l'appeler mais je n'en suis pas capable. Je ne veux pas qu'il revienne pour moi avant d'être allé au bout de son histoire avec Laurence. Je pense à Magali, mais là encore, elle profite de ses vacances, une rare trêve dans sa vie compliquée, que je n'ai pas envie d'interrompre. Et puis il y a Cha. Ma nièce est très jeune, mais il me semble qu'elle serait la plus adaptée pour me remettre les idées en place.

Sur le frigo, à côté des photos de Cha et de Laurence, Ethan a accroché leurs numéros de téléphone. Cela m'évitera d'avoir à rallumer mon portable pour trouver celui de ma nièce, et pour une fois, je salue ses méthodes à l'ancienne. Il y a peu de chances qu'elle décroche, mais j'ai besoin d'entendre une voix familière. Je prends le Post-it et je pars à la recherche du téléphone de mon frère.

Un appareil qu'il déménage régulièrement pour une raison que j'ignore. Je le trouve à côté du lit. Il clignote de manière frénétique mais je ne sais pas m'en servir. Si quelqu'un cherchait à le joindre pour une urgence, il a un portable aussi, après tout.

Comme je m'y attendais, ça sonne dans le vide. Je laisse quand même un mot. « Rappelle-moi si tu peux. » Puis je m'allonge sur le lit de mon frère, à court d'idées pour occuper mon corps et mon esprit.

Je me suis endormie. La sonnerie du téléphone me réveille en sursaut et j'appuie sur les touches dans le désordre, plus pour le faire taire que dans l'intention de prendre l'appel.

— Lola ?

— Cha, c'est toi ?

— J'ai eu ton message, ça va ?

— Pas tellement, non. Il m'arrive un truc bizarre. Je crois qu'il faut que je parle à quelqu'un pour me persuader que je ne suis pas folle.

— C'est tes lettres ?

— …

— Si tu cherches tes lettres et que tu ne les trouves pas, c'est normal. Je te rassure, tu n'es pas folle du tout !

— …

— Enfin, pas folle pour ce que tu crois ! Un peu dingue de les avoir gardées pour toi, et surtout de n'avoir rien raconté à ta nièce préférée, mais je te pardonne !

Je ne comprends rien. Je n'arrive pas à recoller les morceaux. Comment Cha peut-elle avoir eu vent de cette enveloppe et de sa disparition ? J'essaie d'articuler une question qui rassemble toutes les autres.

— Comment sais-tu pour les lettres ?

— Le dis pas à papa, mais David m'a rejointe à Veigné, et nous sommes au camping depuis deux jours. Je manquais de fringues alors j'ai fait un saut à la maison. Je passe des vacances de folie, si tu savais !

— Cha ? Les lettres ?

— Je les ai vues sur la table, et ouiii ! Je sais ! C'est pas bien ! Mais je n'en ai lu qu'une ou deux, et c'était tellement beau Lola ! Je les ai postées pour qu'il les lise.

— Tu as fait quoi ?!

— Il y avait l'adresse dessus…

— Cha ?

— Oui ?

— Tu n'aurais pas dû. Vraiment.

— Mais pourquoi ?

— Je dois te laisser. Profite bien de tes vacances.

Il faut que je raccroche, que je sorte de tout cela sans attendre. Je dévale les escaliers et j'attrape les clés de ma voiture sans réfléchir. Je file au bout du chemin et je prends la route qui traverse le cœur du village, à la recherche d'un endroit rassurant pour me protéger de mon désarroi. La région regorge de lieux protecteurs, évocateurs de mon enfance, quand je n'avais encore qu'à me laisser conduire sans me risquer à prendre d'initiatives hasardeuses. À pied, j'aurais pu marcher autour du château de la Guéritaulde, cet endroit qui attisait ma curiosité, abrité derrière de hauts murs de pierre, il était en effet quasiment impossible de deviner à quoi ressemblait la bâtisse principale. J'y pense alors que j'arrive déjà sur la place de Veigné. Je continue tout droit, je traverse le pont de pierres sans ralentir. Au pied de celui-ci sont blottis le camping et la plage des bords de l'Indre, où je risquerais de croiser Cha. Je tourne à gauche au rond-point, et je roule jusqu'à Montbazon. Deux kilomètres à peine séparent les deux villages. Cet endroit regorge de pierres précieuses à mon cœur, le donjon, la forteresse, les portes de la ville, et un camping ici aussi. À côté de la guinguette installée sur le bord de l'eau, il y a les mêmes terrains de tennis depuis vingt ans, et une cabane en bois qui fait office de club house. Sur les premiers, j'ai usé mes baskets et, sur la terrasse en bois, j'ai dilapidé mon argent de poche en buvant des Coca. Je pose la voiture sur le parking, et je marche vers l'eau, j'ai besoin d'un peu d'horizon, les rives seront parfaites, moins étouffantes que les espaces boisés qui entourent le complexe sportif de plein air.

J'ai trop avancé dans la lutte que je mène depuis deux semaines. L'envoi de mes lettres par Charlotte, la probabilité que leur contenu soit lu par une personne, quelle qu'elle soit, alors qu'elles n'avaient pour but que d'expulser ma tristesse envahissante, tout cela ne doit pas me ramener en arrière. Je refuse de sombrer.

35
Ethan

Immobile face à la devanture de l'hôtel-restaurant, je guette le moment où elle va sortir. Il me semble l'avoir vu passer, mais je n'en suis pas sûr. La chambre qu'elle a réservée est côté cour, impossible de deviner si elle y est ou pas. J'essaie d'ignorer mon mauvais pressentiment en faisant les cent pas. Ça ne passe pas, je me décide à entrer dans l'hôtel et je trouve Laurence assise dans les fauteuils de l'entrée, le portable sur les genoux, les bras croisés et les yeux perdus. Elle lève la tête, ferme les yeux brièvement, et m'invite à m'asseoir à côté d'elle en désignant le fauteuil le plus proche.

— Je pensais qu'on allait marcher ? je lui demande en suivant son geste et en m'installant.

— Oui. J'allais te rejoindre mais j'ai regardé mon téléphone, au cas où, pour Charlotte.

— Mauvaise nouvelle ?

— Pas de nouvelle de Charlotte.

Alors je ne comprends pas pourquoi *ma* Laurence s'est repliée derrière le visage de cette inconnue qui me semble à nouveau si distante. Je me masse le cou, j'attends de savoir.

— Grégoire est là. Il a appelé à mon bureau et il est venu.

— Grégoire ?

— Monsieur L.

— Je croyais qu'il n'y avait plus de monsieur L. ?

— Oui, moi aussi.

— Son voyage a été annulé ? je demande, amer.

— Il l'a annulé.

Je la regarde encore, je cherche des réponses que je ne trouverai pas, alors je prononce les seuls mots qui ont du sens dans cette situation :

— Je vais y aller.

Je me lève sans attendre, je n'ai pas envie de la discussion qui va suivre, encore moins après les moments que nous venons de vivre.

— Ethan, attends !

— Je sors, j'ai besoin d'être dehors.

Elle me suit presque en courant pour me rattraper. Je ne l'attends pas. Nous sommes à deux pas du front de mer, je prends cette direction. Elle accélère pour se mettre à ma hauteur et m'arrête en me retenant par l'épaule.

— Ethan, s'il te plaît. Deux secondes !

— Deux secondes pour quoi, Laurence ? Pour réfléchir à la manière de récupérer ma voiture et de rentrer chez moi maintenant que tu m'as conduit jusqu'ici ?

Elle laisse mon incompréhension et ma colère s'éteindre, puis elle dit simplement :

— Je vais te laisser ma voiture, pour que tu puisses rentrer quand tu veux.

— Oui, ok, faisons cela. Je te laisserai les clés dans *votre* boîte aux lettres.

J'appuie volontairement sur le pronom, l'acidité de mon ton ne me conduira à rien, mais je suis blessé et je me sens trompé.

— Ethan, tout ce que je t'ai dit, je le pense.

— Je te crois.

Elle baisse la voix, elle chuchote presque :

— Je voudrais qu'on se revoie plus souvent, qu'on retrouve ce lien que nous avons touché du doigt hier et aujourd'hui.

Et de mon côté, les mots sortent tout seuls, ils se libèrent :

— Tu ne peux pas tout avoir, Laurence, et je ne peux pas tout te donner. Je me suis trompé, sur toute la ligne.

— Non je ne crois pas.

Je sens, pour la première fois depuis des années que la colère guette.

— Si tout n'était pas clair pour toi Laurence, tu aurais dû te garder de me faire venir. Je ne serai jamais ton confident. Donne-moi tes clés s'il te plaît.

— Je t'accompagne à la voiture, j'ai un sac à prendre.

Je la regarde sortir un sac de sport du coffre, j'ai l'impression qu'elle ralentit volontairement chaque geste tandis que je voudrais déjà être parti. Elle ne dit rien de plus. Il n'y a rien de plus à ajouter, je présume. Je saisis les clés qu'elle me tend et je m'installe au volant.

Plus de contact entre nous cette fois. J'ai été si naïf, je m'en veux de cette innocence qui n'est plus de mon âge. Je démarre dès que je la vois à distance de sécurité du véhicule. L'image d'elle et de cet homme venu la reconquérir si facilement, dans la chambre qu'elle avait réservée pour nous, surgit brutalement. Je la chasse comme je peux, et je me concentre sur la route.

Il n'est pas minuit quand j'arrive chez eux. J'entre dans la maison, je récupère mes affaires, et je laisse les clés à l'endroit convenu. Si je pars maintenant, je peux être à Veigné dans deux heures. Je ne me sens pas armé pour la route de nuit après cette soirée. Je fais quelques kilomètres et je m'arrête sur un parking non loin de la plage. J'allonge mon siège et j'essaie de m'endormir.

36

Lola

Allongée sur la pelouse généreuse qui tapisse les bords de l'Indre au pied du pont de Montbazon, j'ai laissé les souvenirs affluer. Mon frère était presque là. Impossible de le dissocier de ces lieux, et des récits fleuves dont il m'abreuvait quand j'étais gamine. Le seul sujet sur lequel il est intarissable, sa région. Inenvisageable de faire le marché abrité derrière la forteresse ou de se promener sous le donjon sans hériter de l'histoire du village. De la naissance de Montbazon aux temps gaulois, le passage de Fulce Nerra, le Faucon noir, le comte Foulques le Noir, qui érigea il y a plus de mille ans la tour carrée qu'on appelle aujourd'hui le donjon, la crue de 1870, pas même dépassée par celle de 1910 et dont on voit encore la marque à La Venetière, les cahiers de doléances prérévolutionnaires conduits à Tours avec ceux de Veigné, et jusqu'à l'Occupation qui prit fin un peu plus tard qu'ailleurs, en septembre 1945, j'ai dû entendre plus d'histoire de France au cours de mes balades avec mon frère qu'au fil de toute ma scolarité. Et ce sont les seules bribes qui subsistent réellement dans ma mémoire. Il me tarde qu'il revienne, et j'aurais beaucoup donné pour qu'il comble mes lacunes historiques en regardant l'eau couler avec moi.

Je ne suis pas restée très longtemps. Je respirais déjà mieux. À évoquer les vrais moments, l'idée s'était imposée à moi qu'il était l'heure d'arrêter tout cela. Les proportions que prenaient mes mensonges étaient démesurées. Ils avaient quand même conduit mon indiscrète de nièce, à envoyer des lettres à une personne qui n'était plus de ce monde. Revenir dans la réalité et le présent devenait urgent. Je me saisirai des ressources à disposition de toute personne en deuil ou en souffrance pour y arriver s'il le fallait, mais le déni et l'enfermement avaient assez duré.

Je suis rentrée en faisant un détour par le supermarché. Le régime alimentaire d'Ethan a ravivé mon envie de viande. Je n'en mange que rarement pourtant, mais en être privée complètement me fait acheter un steak d'une taille déraisonnable. Je n'ai pas envie de faire un festin toute seule, je dévalise le rayon animalier en choisissant les boîtes les plus appétissantes pour Belle. Mes résolutions sont simples, profiter de la soirée au calme, appeler Magali, dormir d'une traite, et si sa proposition tient toujours, partir en Normandie quelques jours, faire le tri dans les urgences, et repartir du bon pied.

Belle boude mes boîtes hors de prix, mais ne rechigne pas à partager mon morceau de viande. Je profite de la douceur de la fin de journée pour passer un peu de temps dehors avec elle. Après avoir rangé, je m'octroie un bain et, sans différer davantage, je téléphone à Magali.

Elle décroche tout de suite. Sa voix claire et gaie me dit tout de suite combien cet appel lui fait plaisir.

— Bonjour !

— C'est Lola.

— Oui, je reconnais le numéro de téléphone de la maison d'Ethan ! Alors ? Tu arrives quand ?

— Demain ?

— Super !

Et voilà, c'est aussi simple que cela.

Cette perspective me rend une grande partie de ma légèreté. Je rassemble quelques affaires, suivie par Belle qui semble flairer quelque chose. Je m'arrête et je rappelle Magali.

— Je peux venir avec Belle ? Je ne sais pas quand Ethan revient, je ne peux pas la laisser toute seule…

— Attends, je demande.

J'entends un échange bref, des rires, et elle revient vers moi :

— Chats et chiens bienvenus ! On attend Belle aussi !

La chienne semble avoir compris, elle vient se frotter contre moi avant de regagner son tapis. Il me tarde de partir, maintenant.

37

Ethan

Il me semble que les premiers rayons du soleil me réveillent alors que je viens tout juste de trouver le sommeil. Je me laisse aller encore un peu dans l'engourdissement de cette semi-somnolence, et je sors de la voiture. Quelques pas plus tard, après un dernier regard à la mer que je quitte sans trop de regrets, je me sens prêt à prendre la route.

Quand j'arrive chez moi, je regarde ma montre. Les volets sont ouverts et la porte également, comme oubliée dans cette position. Il est à peine huit heures trente, ma sœur n'est pas du genre à se lever à l'aube, même dans son état actuel. Pourtant, c'est bien elle que je vois sortir avec un sac sur l'épaule, Belle sur ses talons, tandis que je m'approche de l'entrée.

Ma présence la fait sursauter, et rire dans la foulée. Son rire est revenu, et il me fait un bien fou.

— Ethan !

Elle me saute littéralement dans les bras, faisant lourdement tomber son sac sur mon parterre de fleurs. Je ne bronche pas, et je l'accueille, surpris, mais rassuré de la reconnaître enfin.

Nous restons un moment serrés l'un contre l'autre. Je comprends au bout de quelque temps, qu'elle a fondu en larmes au creux de mes épaules, et qu'elle ne s'en détache pas sans doute pour cette raison. Je lui parle doucement à l'oreille.

— Tu ris, tu pleures, tu pars. Quand vas-tu me dire ce qui t'arrive, ma Lola ?

Elle reste collée à moi.

— Je suis tellement contente de te voir, et je suis si malheureuse à la fois. Je vais aller mieux, je te le promets, je l'ai décidé. Mais je crois que je vais devoir encaisser encore un peu.

Je ne suis pas doué pour les confessions, je ne facilite pas la tâche à qui a besoin de parler, Lola me l'a souvent dit elle-même, mais je tente quand même :

— Une peine de cœur, c'est ça ?

— On peut dire ça, oui. Une grosse peine de cœur.

Je me sens complètement inutile face à ce verdict.

— Si j'attrape celui qui t'a abandonnée dans cet état-là, il passera un sale quart d'heure.

— Ça ne risque pas d'arriver, il s'est tué dans un accident de voiture il y a deux semaines.

Cette fois, je décide de la repousser un tout petit peu, je veux la voir.

— Lola, mais comment as-tu pu garder cela pour toi tout ce temps ?

— C'était trop dur. En parler, c'était admettre que c'était arrivé.

— Comment s'appelait-il ?

— Antonin. Il s'appelait Antonin.

Je la reprends un peu dans mes bras, elle se laisse faire. Je continue de lui parler, les mots coulent plus facilement.

— Et maintenant que je sais, qu'est-ce que je peux faire pour te soulager ? Tu ne repars pas déjà à Paris ?

— Oh non. C'est compliqué… Je prendrai les choses dans l'ordre et je te raconterai.

— Raconte-moi maintenant.

Elle me regarde et sourit.

— Je crois qu'on a tous les deux des choses à se raconter, en effet. Ton séjour n'a pas l'air de s'être bien passé si j'en crois tes cernes et ta mine affreuse ?

— Merci petite sœur. C'est bon de savoir que quelqu'un me regarde toujours avec les yeux de l'amour. Où tu vas alors ?

— Je vais rejoindre Magali et les filles à la mer, en Normandie. Elle m'a invitée dans le gîte qu'elle loue. Ça t'ennuie si j'emmène Belle ? Ça lui ferait des vacances, à elle aussi. Je trouve qu'elle a beaucoup vieilli, c'est peut-être de rester toute seule des journées entières ?

Malgré tout ce qu'elle m'a déjà dit, l'idée qu'elle emmène Belle me remue, je me sens un peu coupable de cette manifestation d'égoïsme.

— Combien de temps ?

— Quelques jours, une semaine maximum.

— Ok. Elle se fatigue vite, tu feras bien attention à elle ?

Elle penche la tête avec des yeux pleins de reproches.

— Ethan… C'est Belle. Tu es allé la chercher pour mes quinze ans je te rappelle !

— Oui, je sais. Mais je suis tellement habitué à elle. Je ne m'en suis jamais séparé je crois.

— Je sais.

— Tu as le temps d'un café avant de partir ? Ça me fait bizarre de te croiser dans l'entrée et de te voir filer.

— J'allais te le proposer !

Nous passons un temps ensemble, presque entièrement silencieux, en pleine confiance. Je n'imagine pas ce qu'elle traverse, et elle ne devine sans doute pas davantage l'amertume qui ne me quitte pas depuis la nuit dernière, mais nous sommes ensemble. Les mots sont sans importance.

Quand elle part, trop tôt, je lui demande si elle a eu des nouvelles de Charlotte. Elle tarde un peu à répondre, semble hésiter, et me répond juste :

— Oui. Elle va bien. Ne t'inquiète pas.

38

Lola

J'ai pris sur moi pour me lever. Ce moment avec Ethan était tellement réconfortant, je craignais de ne plus pouvoir quitter la maison. Je me suis arrachée au canapé après le second café, et j'ai marché d'un pas décidé vers la porte. Je lui ai proposé de venir avec moi, je suis certaine qu'il a des tonnes de congés à prendre, mais il m'a dit qu'il avait du travail, et il m'a ressorti l'excuse de la maison de Manelle. Je n'ai pas insisté. Il sait où je suis, j'ai laissé l'adresse du gîte en évidence sur la table à manger. Avec sa manie de tout ranger, il lui trouvera bien un endroit approprié.

Mon grand frère n'est pas en forme, mais il a l'air davantage blessé que triste. Dans un sens, je préfère. Blessé, il se redressera plus vite, il est orgueilleux, et fier. Triste, il se serait langui, et il aurait souffert plus longtemps. Piqué, il retournera son jardin, il ira pédaler des heures, et il se noiera dans le travail, mais il tournera la page.

Mon GPS m'indique trois heures et demie de route jusqu'à la commune du Tilleul. Tours, Le Mans,

Alençon, Le Havre sont les villes que je vais traverser avant de trouver ce village qui se situe à quelques kilomètres d'Étretat. Belle s'est installée sur la banquette arrière comme si elle faisait cela tous les jours.

On s'arrête trois fois, Belle ne s'éloigne pas de la voiture et engloutit une grande gamelle d'eau à chaque étape. Il me tarde d'arriver pour elle aussi.

Je manque de peu la route qui conduit vers le gîte. Je fais demi-tour et m'engage sur une voie plus étroite, qui serpente un peu. À deux kilomètres environ, une pancarte m'indique que le gîte du Clos des Reinettes est à gauche, et la route devient chemin. La barrière est ouverte et m'invite à me garer à l'intérieur de la propriété. Belle sent que nous sommes arrivées et s'est redressée sur la banquette. J'ai à peine ouvert la portière arrière qu'elle sort et va explorer les lieux.

L'endroit est splendide. Une longère traditionnelle se dresse à l'entrée, les fenêtres et les portes sont tournées vers le jardin. Du chemin, on ne voit que le mur de la façade. On devine, derrière une haie de lilas, une seconde bâtisse, d'une taille plus modeste, au toit de chaume, installée de l'autre côté. Au milieu d'une belle pelouse trône un pommier immense, des plantes et des arbustes de petite taille parsèment la propriété qui est entourée de hauts peupliers. Il y a des couleurs partout. Un feu d'artifice végétal. Je m'avance un peu, et je tombe sur une grande terrasse où je vois deux jeunes filles très occupées à caresser ma chienne.

— Bonjour !

— Bonjour madame, c'est votre chienne ? Elle est super gentille !

— Oh, s'il vous plaît, ne m'appelez pas madame, je vais succomber de désespoir ! Je suis Lola, une amie de Magali.

La plus jeune me répond :

— Ah oui, elle nous a prévenues. Elle est descendue à la plage avec les filles, mais j'appelle maman, elle va vous montrer le gîte.

Et elle disparaît dans la maison. L'autre jeune fille a une vingtaine d'années, elle lâche Belle, vient me serrer la main et me souhaiter la bienvenue.

— Ça va vous plaire ici, vous allez voir. Dans deux jours, vous vous sentirez déjà beaucoup mieux.

Elle me dit cela avec un drôle de sourire. Je n'ai pas ouvertement dit à Magali que j'allais mal, et je ne pense pas que cela se lise à ce point sur mon visage. Et pourtant, sans que je sache pourquoi, je sais que cette jeune femme a senti mon état réel, tout comme je sens que sa prédiction va se réaliser. Je vais me plaire ici, et je vais aller mieux.

— Bonjour Lola !

La propriétaire se présente, elle s'appelle Sarah, elle est tout en sourire. Elle me dit qu'elle est très contente de m'accueillir.

— Magali a été l'une de mes premières hôtes, et c'est la plus fidèle depuis le temps, elle vient tous les ans depuis… sept, peut-être même huit ans !

Tout en parlant, elle me guide vers la seconde maison, et m'ouvre les portes en me faisant visiter.

— Voilà, là, c'est votre chambre, je vous laisse vous installer. Si cela vous tente, mes filles ont fait des smoothies. Je crois qu'elles seront ravies de recueillir vos louanges si vous acceptez de les goûter ! Magali sera là dans une petite demi-heure maximum.

Je la remercie, et je m'étonne même de répondre que je vais tenter les potions de ses filles. Cette femme respire la sincérité et la générosité. Comme Magali. Je l'apprécie instantanément. Elle doit avoir quarante-cinq ans environ, un peu plus ou un peu moins, je ne saurais pas dire, et ses filles ont l'air d'être des perles de bonne humeur. Je pose mon sac dans la chambre que Sarah m'a désignée, une jolie pièce claire et spacieuse, et je vais rejoindre la petite troupe sans attendre.

Les deux sœurs m'expliquent, en me servant un généreux cocktail, qu'elles se retrouvent pour la première fois de l'été. La plus grande, Agatha, celle qui m'a dit que j'allais aller mieux en arrivant, mène de front des études de journalisme et de photographie. Elle n'a pas su choisir. Elle jongle entre des cours du soir, un petit boulot, et l'école. C'est une jeune femme au regard sage et aux gestes prudents. Elle semble tout faire en douceur. Ses yeux sombres, sa peau mate et ses cheveux bruns, épais, lui donnent un air un peu mystérieux. Noémie, la cadette, va entrer en troisième. Ses boucles blond vénitien et ses yeux verts lui donnent un côté malicieux, c'est elle qui parle le plus, et elle semble déborder d'énergie. Chacune de ses phrases se conclut par un rire ou une grimace qui illustre ses propos. On ne pourrait pas faire plus différentes dans une même fratrie que ces deux-là. La propriétaire, Sarah, nous rejoint avec des serviettes dans les bras.

— Pour vous Lola, linge de toilette, je vous dépose ça dans la chambre ?

— On peut se tutoyer Sarah ? Les filles m'ont déjà donné du madame quand je suis arrivée !

Pour toute réponse, elle me renvoie un sourire.

— Tu peux poser les serviettes ici, je les emporterai tout à l'heure.

Je la félicite pour les lieux, elle se propose de me faire visiter le reste et j'accepte avec plaisir. Elle m'explique qu'elle a commencé avec une chambre d'hôtes unique dans la longère principale, pendant qu'elle menait les travaux pour la rénovation de la bâtisse secondaire que Magali a réservée. Quand le gîte a été terminé, elle a pu se consacrer à la rénovation de la dernière partie de la longère, et ouvrir une seconde chambre d'hôtes. Ces deux formules d'hébergement sont complémentaires, elles lui permettent d'avoir du monde toute l'année. Les chambres sont réservées à la nuit, avec le petit déjeuner, et quelquefois le dîner en table d'hôtes, tandis que dans le gîte, les loueurs sont complètement indépendants, elle les voit beaucoup moins en général.

— Sauf pour Magali, bien sûr !

— Comment ça ?

Je lui explique que, malgré la généreuse invitation de Magali, notre rencontre est très récente et que nous nous connaissons encore très peu.

— La première année, Magali était enceinte de Sophie, et Juliette avait deux ans. C'est la seule fois où son mari est venu. Un soir, elle a tenu à nous inviter. Elle s'était pliée en quatre pour nous recevoir dans le gîte, la veille de leur départ. Les années suivantes, comme nos envies de dîner se multipliaient, nous avons convenu d'un système différent. On dîne ensemble quand elles viennent, et on partage les frais à la fin de la semaine.

— Ce n'est plus vraiment de l'hébergement touristique !

— Ça fait partie des plaisirs de ce projet, je me suis fait de précieux amis. Avec Magali, nous nous voyons en dehors d'ici aussi. Je suis allée une fois chez elle, c'est charmant par chez vous aussi !

Nous discutons en visitant les différentes pièces de sa maison. Les deux chambres d'hôtes situées dans la longère sont indépendantes des pièces de vie familiale. Les hôtes sont ainsi comme chez eux. Ils entrent dans leur chambre, par la cour directement, et ne rejoignent la pièce principale par l'extérieur que pour le petit déjeuner. Sarah est une femme simple et directe. Elle partage la fierté de son lieu avec passion. Cela fait longtemps que je n'ai pas discuté aussi naturellement avec une inconnue, aussi suis-je étonnée de voir qu'une heure s'est déjà écoulée quand je reconnais les voix des filles de Magali qui viennent d'arriver.

39

Ethan

Elle est partie vite. Je l'ai suivie dans le chemin et j'ai regardé son citron disparaître en tournant, avec ma chienne sur la banquette arrière. Son départ me met un drôle de vide dans la tête. Je suis fatigué. Physiquement, j'ai rarement éprouvé ce niveau d'épuisement. J'envisage même un court instant d'aller m'allonger pour récupérer un peu, mais j'y renonce. Allongé à rien faire, je ne ferais que ruminer, et je me sens déjà suffisamment amer comme ça.

Quel silence dans la maison. Vivement demain, que je retrouve le chantier, les devis, les contrats et même les complications de planning. Je fais le tour des chambres, je traîne dans chacune d'entre elles. Je m'attarde sur chacun des objets qui a marqué le passage de Lola, de Charlotte, et même des deux gamines d'en face. Ma maison s'est offert une seconde jeunesse grâce à elles. J'ai l'impression que nous sommes, elle et moi, abandonnés par leur départ. J'hésite entre tout laisser comme ça, les papiers de bonbons, les pyjamas par terre, les feuilles de dessin, les livres ouverts sur les lits, ou remettre un peu d'ordre, enlever les draps, changer les couettes, vider les poubelles, trier les affaires abandonnées. J'opte pour le grand ménage. Quand tout est propre et rangé, j'attaque le jardin. La pelouse est sèche, mais une tonte ne lui fera pas de mal. Il est quatorze heures quand je vide l'herbe coupée dans le compost.

Malgré l'énergie dépensée dans ces activités, je suis toujours comme un lion en cage. Rien ne me calme. Je me sens électrique, et dans ces cas-là, une seule chose peut me vider complètement. Je vais me changer, je regonfle les roues de mon vélo, et je pars rouler dans la campagne.

Je pars en direction d'Azay-le-Rideau, un parcours qui me permet de ne jamais trop m'éloigner de l'Indre et qui m'évite les axes trop fréquentés. À quelques kilomètres de mon objectif, je suis contraint de faire une pause, j'ai crevé. Il devait être écrit que cette journée n'était pas pour moi. Je suis à peine remonté sur la selle qu'une averse torrentielle s'abat sur moi. Je roule tant que je peux, et je finis par m'abriter sous un abribus pour laisser passer le gros de l'orage. À dix kilomètres de Veigné, je manque de tomber dans le fossé pour de bon. Ma réparation n'a pas tenu. J'ai été imprudent, je n'ai pas ce qu'il faut pour repartir, cette fois. Je suis à l'entrée de Monts, la ville où est installée l'entreprise. Je marche cinq cents mètres et j'arrive devant le portail, trempé. Il n'a pas cessé de pleuvoir depuis une heure.

Je suis accueilli par Fred, mon collègue cogérant, et sa mère, Manelle, qui a dû venir pour faire le point sur la rénovation de sa maison. Avec les intempéries du jour, qui succèdent aux orages survenus hier, le chantier doit être au ralenti.

Mon entrée les fait sourire et se moquer l'un et l'autre. Manelle disparaît dans le bureau et revient avec une serviette.

— Eh bien, t'es beau, toi ! Qu'est-ce qui t'a pris de partir faire du vélo par ce temps ? Tu regardes plus la météo ?

— Il faisait beau quand je suis parti. J'ai crevé, deux fois.

— Tu veux que je te dépose chez toi ? me propose Fred.

— Je dis pas non. Lola est partie ce matin, sinon je l'aurais appelée.

— Je finis un truc derrière et je te ramène.

Je reste seul avec Manelle. Depuis qu'elle m'a tendu la serviette, elle n'a pas cessé de m'observer. Je suis à cran depuis hier. Ma sortie à vélo, loin d'arranger les choses, les a plutôt fait empirer. Je ne suis pas d'humeur pour une leçon mais je sens qu'elle retient quelque chose de cet ordre-là.

— Pourquoi tu me regardes comme ça Manelle ? J'ai un truc sur la tête ou quoi ?

— C'est pas sur la tête, c'est dedans qu'il y a un truc qui tourne pas rond.

Je soupire, mais je sais que je n'y échapperai pas.

— Vas-y, je t'écoute.

— Je me demande juste ce que tu fiches là.

— J'ai crevé, je suis venu m'abriter.

— Tu es un imbécile, y'a pas à dire.

— Je te remercie. Tu développes ?

— Qu'est-ce que tu fais ici ?

— Je viens de te le dire. Je fais du vélo, j'ai crevé. Mais qu'est-ce qui te prend à la fin ?

Elle ne reprend pas tout de suite. Je crois qu'elle essaie de savoir si je suis sincère ou si je lui cache quelque chose. Mais je ne vois vraiment pas où elle veut en venir.

— Ta sœur est mal en point, elle vient se réfugier chez toi, et toi, tu la laisses repartir toute seule ? Et ta gamine ? Depuis que sa mère l'a prise avec elle, tu rumines de ne pas la voir suffisamment, et là, ça fait trois jours qu'elle traîne au camping de Veigné, à deux kilomètres de chez toi ? Et toi, tu fais du vélo et tu parles de revenir travailler demain ? Mais voilà ce qui ne tourne pas rond dans ta tête !

— Charlotte est là ? Mais comment tu peux savoir tout ça, toi ?

— La gérante du camping est l'une de mes nièces, Charlotte a grandi sur les rives de l'Indre, tout le monde la connaît et elle ne se cache pas particulièrement. Sauf de toi peut-être. Et Lola, je l'ai vue pousser comme si c'était une de mes petites-filles, alors même si elle n'a pas été bien causante depuis qu'elle est revenue, pas besoin de lire dans les pensées pour voir qu'elle est dans les choux.

— Je ne savais pas du tout que Charlotte était restée ici. Elle a juste laissé un mot. Elle a dit qu'elle voulait qu'on la laisse tranquille.

— Ça, rester tranquille, tu sais faire.

— C'est pas la peine d'être désagréable, Manelle. Qu'est-ce que ça peut bien te faire, à toi, mes histoires de famille ?

— Tu comprends pas grand-chose toi, en ce moment, hein ? Si ça ne te traverse pas l'esprit que ça me rend malade de voir que tu passes à côté de tout, t'es encore plus bête que ce que je crois. La famille, c'est sacré Ethan, tu fais partie de la nôtre même si on n'est pas du même sang. Remue-toi et va rattraper tout ça avant qu'il soit trop tard.

Nous nous regardons tous les deux pendant plusieurs secondes, je cède le premier, avec le premier argument qui me traverse l'esprit :

— Et le chantier ?

— Tu plaisantes ?

Je hausse les sourcils, j'attends.

— T'as bien formé ton équipe, ils se débrouillent comme des chefs, et Fred veille au grain.

Fred, justement, réapparaît à ce moment-là.

— On y va ?

Je regarde Manelle. Elle ne m'avait parlé qu'une fois sur ce ton, mais j'étais encore un gamin. Je suis un peu sonné, mais paradoxalement, j'ai besoin qu'elle aille plus loin.

— Et maintenant, je fais quoi ?

— Ah ça, mon grand, à quarante et un an, je pense que tu peux décider tout seul.

Elle me sourit et s'approche de moi. J'ai droit à la tape sur l'épaule. Manelle n'est jamais allée plus loin que ce geste d'encouragement pour signifier son attachement. Je lui rends son sourire, en me forçant un peu, et je sors avec Fred.

40

Lola

La première chose que Magali a faite quand nous nous sommes retrouvées toutes les deux, c'est sortir un carnet et me le donner.

— C'est pour ta liste.

— Ma liste ?

— Tu m'as dit qu'il fallait que tu dresses une liste des priorités pour les prochaines semaines. Je t'ai trouvé un carnet pour que tu puisses la faire, et barrer tout ce dont tu te seras débarrassée au fur et à mesure.

C'est un joli carnet, qui tient dans le creux de la main, sa couverture est souple et couverte de fleurs et de papillons aux ailes de couleurs vives. Je suis touchée par cette attention toute personnelle.

— Tu m'aideras ?

— Bien sûr !

Elle a pris les couleurs du bord de mer. Des taches de rousseur sont apparues sur son front et ses joues, son visage est reposé, débarrassé des petites rides qui s'étaient installées entre ses sourcils à force de les froncer d'inquiétude. Nous sommes au fond du jardin, du côté du potager. Sarah a installé une sorte de salon d'été sous une tonnelle en bois, deux transats et une petite table, sur laquelle reposent deux tasses de thé vert au jasmin que nous laissons refroidir.

— Cet endroit est splendide. Comment l'as-tu connu ?

— Par hasard. J'étais à la fin de ma seconde grossesse, je n'en pouvais plus, j'avais une envie de mer comme d'autres peuvent avoir des envies de fraises ! Mon mari a fini par céder devant mon insistance, ou par se décourager devant ma persévérance, je ne sais pas trop. Nous sommes arrivés à Étretat où nous attendait un hôtel… qui n'avait pas enregistré notre réservation. C'était la pleine saison, nous avons éclusé tous les lieux et on a fini par trouver cet endroit grâce aux propriétaires de l'hôtel du village. Sarah avait ouvert son Clos des Reinettes depuis deux ans, et comme par miracle, elle n'avait pas de réservation pour cette semaine-là… Ce qui était étrange car il me semblait avoir vu le lieu sur les sites de réservation, mais il n'y avait pas de chambre disponible. En réalité, mais elle me l'a appris plus tard, Sarah avait bloqué ces deux semaines pour passer des vacances avec ses filles ici sans être accaparée par la gestion du gîte et des chambres. Elle m'a avoué qu'en me voyant avec une petite de deux ans, mon ventre de presque huit mois de grossesse, et mon mari perdu, elle a fait une entorse à ses règles et nous a proposé le gîte, en s'excusant parce qu'elle ne pourrait pas nous proposer la table d'hôtes. Cette semaine-là a été une merveille. L'année suivante, je suis revenue, avec les filles, et nous avons commencé à nous lier d'amitié.

Magali parle avec beaucoup de tendresse dans les yeux. Plus je la connais, et plus je m'attache à elle. Je sens que le moment est venu de lui parler à elle aussi, pour que ces quelques jours de vacances partent sur des bases saines, et que notre amitié naissante ne soit pas entachée de dissimulations.

— J'ai parlé à Ethan, avant de venir, de ce qui m'arrivait.

— Tu as bien fait. Il te fallait un peu de temps. Ce n'est pas toujours facile de s'ouvrir à sa famille.

— Ethan veille sur moi comme une louve sur ses petits. Je ne voulais pas l'effrayer.

— Il a bien réagi ? Sinon tu ne serais pas là…

— Il m'a laissée partir. Je crois qu'il était un peu triste de rester seul, mais il se réjouissait de me savoir en route pour des vacances. C'est difficile, mais je sens que je vais un peu mieux déjà. Ça va prendre du temps.

— Tu n'es pas obligée de me le dire à moi, Lola.

— J'ai envie de le partager avec toi.

Je lui raconte tout. Marseille, l'accident, l'hôpital, les lettres. Elle ne me quitte pas des yeux tandis que je raconte, et à la fin, quand j'ai terminé, l'émotion à fleur de peau, elle me sourit et me dit juste :

— Merci de ta confiance.

Elle n'essaie pas de me consoler, de me dire que c'est une mauvaise passe, de relativiser, de dire que ça va finir pas passer. Elle me remercie de lui avoir confié mon chagrin, et je lui en suis infiniment reconnaissante. Nos thés sont à la bonne température, nous les buvons lentement et en silence. Je repose ma tasse et j'attrape le carnet sur la table.

— Quelles sont les premières choses que tu as envie d'écrire ? me demande-t-elle en me tendant un stylo.

— C'est pas très drôle…

— Tu me laisseras juger ? On peut tourner les choses pour qu'elles le deviennent ?

— Sacré défi.

Je prends le crayon et je commence à écrire :

- Appeler mes amies parisiennes pour leur donner des nouvelles, et leur avouer mes mensonges.
- Aller sur le site de ma banque pour évaluer le degré d'urgence à trouver un travail.
- Trouver un travail (qu'est-ce que je peux/veux faire ?).
- Décider de l'endroit où je veux vivre (Paris, Tours, ailleurs ?).

Je lui tends le premier jet et je guette sa réaction. Elle me demande le stylo, ajoute quelque chose et me redonne le carnet.

— Je vais t'aider à réfléchir à tout ça, à te poser les bonnes questions. Si tu es d'accord, on pourra demander l'aide de Sarah. En matière de résolution de problèmes insolubles, elle est championne. Mais pour commencer, je t'ai ajouté un objectif à court terme, indispensable pour tout le reste.

J'ouvre le carnet. Elle a ajouté au-dessus de mes phrases : « Profiter des vacances. »

41

Ethan

La leçon de Manelle tourne en boucle dans ma tête pendant que Fred conduit. Il me dépose à la maison et ne s'attarde pas. Je lui propose bien de partager un verre, mais je ne dois pas le faire avec une grande conviction, il me répond que je ferais mieux de prendre une douche vu l'état dans lequel je suis. J'hésite à suivre son conseil, mais je me ravise au dernier moment. Je suis trempé et couvert de boue, mais si je suspends le mouvement que j'ai amorcé, je risque de ne jamais aller au bout, et je vais remettre le doigt dans l'engrenage des pensées tortueuses.

Je dépose mon vélo dans le cabanon, je m'occuperai de lui plus tard. Je prends la voiture pour descendre au camping. Je suis dans une sorte d'état d'urgence un peu inexplicable. Je n'ai pas réfléchi à ce que je vais faire, quels mots je vais choisir, comment je vais présenter les choses.

Je pourrais conduire les yeux fermés jusqu'au camping. Je connais chaque degré des virages qui serpentent le long de la descente. Il s'est remis à pleuvoir. Ce temps, au lieu de m'abattre, me pousse à aller jusqu'au bout, à aller contre ce que je suis, un être mesuré et réfléchi. Le parking est à moitié vide. Par beau temps, les véhicules sont savamment garés, pour ne perdre aucun espace. Mais aujourd'hui, il n'y a que les véhicules des résidents du camping. Les touristes et les vacanciers n'iront pas s'aventurer dans la piscine municipale en plein air, ni dans l'Indre.

J'ai fait trois fois le tour des emplacements, mais à moins de crier le nom de ma fille, je ne sais pas comment la chercher. J'avais envie de tomber sur elle, pas de mener une enquête à l'accueil. Résigné, je me dirige malgré tout vers le bâtiment à l'entrée, qui jouxte le bar-restaurant. Je n'ai pas besoin de demander quoi que ce soit, Charlotte est assise sur la terrasse couverte, une glace à la main, comme quand elle avait dix ans. Un jeune homme est assis près d'elle, il la dévore des yeux en sirotant une bière. C'est la première fois que j'assiste à ce genre de scène. Je me doutais que ça finirait par arriver, mais pour elle, comme pour moi, ce n'est pas de cette façon que je l'avais imaginé. Curieuses présentations en perspective. Elle ne m'a pas vu. Tandis que je m'avance vers leur table, c'est le garçon qui me regarde et qui lui fait un signe de tête me désignant.

Elle se tourne brusquement et reste immobile sur sa chaise, comme figée. Je m'approche, elle se lève, m'embrasse du bout des lèvres comme dans un réflexe avant de se rasseoir aussitôt. Le garçon, lui, n'a pas bougé et ne dit mot. Il est le petit ami de ma fille et cela le rend déjà agaçant sur le principe, s'il en rajoute en s'abstenant d'être poli, il va devenir franchement antipathique. Ils attendent vraisemblablement l'un et l'autre que je parle. Je prends une chaise et m'installe.

— Charlotte…

Elle ne me laisse même pas commencer :

— Papa, s'il te plaît, pas de scène ok ?

— Charlotte, je ne sais même pas comment on fait une scène.

Le garçon se lève et me demande ce que je veux boire.

— Un Perrier citron… S'il vous plaît.

— Ça marche.

Je lui suis soudainement reconnaissant, pas tant de m'avoir adressé la parole que de me laisser seul avec ma fille pour cette conversation.

— Qu'est-ce que tu fais là, papa ? Si c'est pas pour me faire la leçon, c'est pour quoi ?

— Je suis venu te dire qu'on partait en Normandie, pour retrouver Lola.

— Pardon ?!

Elle écarquille les yeux, puis se ressaisit :

— Papa, ne fais pas ça. Lola n'a pas besoin de toi, ni de moi, et j'ai pas envie d'aller en Normandie, je suis très bien ici.

Le moment que je n'ai pas préparé arrive. Je cesse de réfléchir aux mots stratégiques pour laisser mon instinct prendre la main :

— Je ne sais pas si elle a besoin de moi, mais moi, j'ai besoin d'être avec elle, et j'ai aussi envie de passer du temps avec toi.

Et au cas où cela n'aurait pas été très clair, je répète :

— Besoin et envie de passer du temps avec ma fille et ma frangine.

— Papa…

Je finis d'une traite, avant qu'elle donne son point de vue :

— Ton copain, David c'est ça ? Il peut venir aussi. Je vais vous trouver un hôtel au bord de la mer, vous serez tranquilles. On se verra pour quelques repas et une balade ou deux.

— Un hôtel en bord de mer, t'es dingue. Tu sais ce que ça coûte déjà, un emplacement de camping en Touraine ?

— On va dire que ce sera ton cadeau de dix-huit ans.

Elle me regarde mais son visage est insondable.

— Je serai à l'entrée du camping demain matin à dix heures. J'espère que vous serez là.

Le copain revient déjà avec ma boisson. Je le remercie, je bois deux grandes gorgées et je me lève en leur souhaitant une bonne fin de journée.

42
Lola

Deuxième réveil au Clos des Reinettes. Il est neuf heures. Il faut croire que les lieux sont propices aux nuits profondes et au sommeil réparateur. Si Sophie n'avait pas appelé sa mère dans un appel désespéré au secours (« Maman, ils sont où mes livres ?! »), je serais vraisemblablement restée dans les bras de Morphée plus longtemps encore.

J'enfile un jean et un tee-shirt, et je retrouve Magali et ses filles dans la pièce principale. Elles sont toutes les trois plongées dans les pages de leurs romans ou de leurs bandes dessinées. Leurs trois têtes se lèvent en même temps. J'ai à peine fait mon apparition que les filles bondissent du canapé et accourent vers moi.

— Ah, t'es réveillée ! On a faim !

— Vous ne m'avez pas attendue pour le petit déjeuner, j'espère ?

Magali se lève à son tour et me répond, comme pour se justifier :

— Les petits déjeuners chez Sarah, c'est encore meilleur quand on les partage.

La veille, j'avais décliné la proposition. J'avais l'estomac noué. Mais depuis hier, l'appétit est revenu.

— Alors allons-y, j'ai une faim de loup !

Je fais mine de croquer le bras de Sophie qui crie de plus belle et s'enfuit en riant dans le jardin.

Sarah a dressé, sous la tonnelle du jardin, adossée à l'un des murs du Clos, une table digne d'un magazine. Nappe fleurie, assiettes en porcelaine, jus de fruits pressé dans des brocs, pain, confitures et brioches se côtoient, et sont autant d'invitations à la gourmandise. La maîtresse des lieux est plus loin dans le jardin. Elle nous voit arriver et se rapproche avec un panier de courgettes au bout des bras.

— Bien dormi ?

— Comme des loirs, répond Magali.

— Surtout Lola ! renchérit Sophie.

— Je vais chercher le café et le lait chaud, et je vous retrouve.

— Bouge pas, j'y vais, propose Magali. Finis ce que tu as à faire.

— On y va ensemble alors. On ne fera qu'un voyage à deux. Les filles ! Vous ne touchez à rien tant qu'on n'est pas revenues !

Sophie et Juliette ne résistent pas à croquer dans l'appétissante brioche, et je n'ai pas le cœur de leur demander d'attendre, leurs mines réjouies font plaisir à voir. Tandis que Magali et Sarah reviennent chargées chacune d'un plateau, elles sont interpellées par le facteur qui vient d'entrer dans la cour, un paquet et des enveloppes dans les mains. J'entends Sarah s'exclamer que sa fille aînée a bien de la chance de recevoir autant d'affection pour son anniversaire. L'apparition du postier me ramène à mes malheureuses lettres. À cette heure-ci, elles sont sans doute arrivées et gisent désormais dans la boîte d'Antonin. Qui lit le courrier des personnes disparues ? Est-ce que mon enveloppe sera ouverte, pour vérifier qu'elles ne contiennent rien d'important ? Ou ma correspondance sera-t-elle tout bonnement détruite ? Si quelqu'un doit l'ouvrir, ce sera Thierry, le frère d'Antonin. La personne qui a été la plus proche de lui. Il doit être dévasté. Centrée sur ma peine, j'ai occulté celle de sa famille. Je me suis enfuie, la lâcheté de ma réaction me saute au visage. Je rajoute mentalement à ma liste des choses à faire : prendre des nouvelles de Thierry, lui présenter, outre mes condoléances, mes excuses pour m'être ainsi soustraite à la situation.

Aujourd'hui, je rallume mon téléphone. Hier soir, nous nous sommes couchées sur cette décision avec Magali. La première action de la liste. Rappeler celles et ceux qui ont pu s'inquiéter. Je viens à l'instant d'ajouter, en pensant à Thierry, la résolution de parler à ceux qui doivent souffrir, et que j'ai délaissés malgré tout. Une action par jour, pas davantage. Remonter la pente est un travail d'endurance, il serait vain de fournir un effort trop important dès le départ.

Les bols se remplissent. Le pain et les brioches fondent sous l'appétit des enfants. Je goûte à un moment savoureux. Magali et Sarah manifestent une belle complicité l'une envers l'autre, mais elles prennent soin, avec une attention qui me paraît toute naturelle et spontanée, de ne m'exclure d'aucun de leurs échanges en me faisant partager leurs souvenirs.

— La première fois que j'ai vu Magali, elle menait de front des travaux dans sa maison pour préparer l'arrivée de la petite deuxième, son travail d'infirmière à temps plein, et l'éducation de Juliette qui n'était pas encore sortie de la petite enfance. Elle a osé me dire, tu te rappelles Magali, qu'elle se trouvait bonne à rien, et qu'elle n'arriverait jamais à élever un second enfant !

Magali rit de bon cœur.

— Sauf qu'il était trop tard ! J'allais accoucher deux mois plus tard ! Mais moque-toi, et Lola, écoute ça plutôt : madame Sarah Delerre ici présente, qui avait lâché son travail et sa vie réglée de Parisienne pour se lancer dans le projet de ses rêves ici[1], cette même Sarah qui recueillait déjà à l'époque des réservations plusieurs mois à l'avance, qui avait eu comme toute première cliente la comédienne française la plus adulée de l'époque, qui avait veillé, dans cette période mouvementée, à ce que ses enfants restent heureux et épanouis, eh bien, je l'ai trouvée un soir, toute seule, assise contre le pommier que tu vois là, à parler à l'écorce ou aux feuilles, c'était pas clair, et à me dire, à moi, qu'elle n'y arriverait pas !

---

1 Les aventures de Sarah sont racontées dans *Demain, il fera beau* et *Demain n'attend pas*, Éditions City, 2015 et 2016.

— Vous étiez à égalité en quelque sorte !

— Quelquefois, on a besoin de quelqu'un pour se regarder vraiment, et voir ce qu'on accomplit sans s'en rendre compte, ajoute Sarah.

Sophie et Juliette désertent la table. Je vois la cadette de Sarah sortir de la longère, les yeux à peine éclos, un peu aveuglée par la lumière du matin. Je profite du silence avant son arrivée, pour ajouter :

— Je n'en suis pas à accomplir des choses en ce qui me concerne, mais déjà à arrêter de faire l'autruche.

— Accomplir des choses comme tu dis, ce n'est pas forcément faire des enfants, changer de vie ou rénover une maison, c'est aussi être là pour les personnes chères, donner du temps et de l'attention, prendre soin de soi et partager ce qu'on a avec les autres…

Noémie est arrivée, elle embrasse tout le monde, même moi.

— Vous parlez de quoi ?

— D'accomplir des choses, je réponds.

— Ah. Bien. Moi, j'ai le rangement de ma chambre à accomplir aujourd'hui !

— Nous n'étions pas si ambitieuses dans nos discussions ma chérie. Ranger ta chambre ? Vraiment ?

Noémie louche et lui tire la langue, ces deux-là ont l'air habituées à se moquer l'une de l'autre sans se formaliser. Je finis ma tasse et je me lève, il est temps d'aller réveiller mon portable.

43

Ethan

Il est dix heures pile. La pluie a fini de laver le ciel et le soleil est de retour. C'est jour de marché, le village est plus vivant que d'habitude. J'ai fait un arrêt à la boulangerie et je me suis garé sur le parking, à la même place qu'hier. Je n'ai pas imaginé que Charlotte ne viendrait pas. J'ai peut-être eu tort. Elle est ponctuelle, et je ne vois aucune silhouette se dessiner devant moi. Elle viendrait me voir tout au moins. Je me rassure en me disant cela. J'ai trouvé un bel hôtel à Étretat, un coup de chance, une annulation venait d'avoir lieu dans une des chambres avec vue sur mer. Pour moi, je verrai sur place. Lola m'a parlé d'une chambre d'hôtes disponible, et sinon, je trouverai bien quelque chose. Je me sens fébrile dans ce départ. L'incertitude de la présence de Charlotte, conjuguée à l'anxiété qui me gagne à chaque voyage, aussi modeste soit-il, ne me met pas dans les meilleures conditions. Je n'ai pas eu de nouvelles de Laurence. J'ai surveillé mon téléphone plus que de coutume, mais il est resté obstinément silencieux. Lola non plus ne m'a pas fait signe. Je ne sais pas comment elle accueillera mon arrivée. Mais contrairement à ce que dit Charlotte, je pense qu'elle a autant besoin de moi que moi d'elle.

Dix heures quinze. Elle ne viendra pas. C'est le moment de décider. Ou je vais la chercher pour essayer de la convaincre une dernière fois, ou je respecte son choix et je quitte les lieux en attendant qu'elle manifeste l'envie de revenir vers moi spontanément. Je sors de la voiture, faire quelques pas, respirer. J'envisage la possibilité de tout annuler, mais la réaction de Manelle me revient en mémoire, et j'imagine le sermon qui m'attend si je fais preuve de lâcheté cette fois. C'est un voyage qu'il faut que je fasse. Je m'engouffre derrière le volant, et je mets le contact. À trop attendre, on perd du temps. Je suis déçu, triste, mais c'était le risque à courir à faire cette proposition, en laissant le choix à Charlotte.

Je laisse passer une voiture avant de sortir du parking, et je jette un coup d'œil au rétroviseur. Le véhicule a bien failli me rentrer dedans en tournant un peu brusquement. J'ai à peine passé la vitesse que j'entends quelqu'un crier, et c'est alors que je la vois. Ma fille accourt avec un sac brinquebalant sur le dos, son petit copain sur les talons. Je coupe le contact et je sors.

— J'y crois pas ! T'allais partir sans nous ! Même pas une demi-heure de retard et tu t'en vas !

Je n'ai même pas envie de répondre, je suis tellement soulagé.

David s'installe à l'arrière. Nous avons à peine passé Tours qu'il semble s'être endormi. Je parle de l'endroit que j'ai réservé pour eux à Charlotte, et elle s'empresse d'aller voir sur son téléphone à quoi il ressemble. Elle me lit à voix haute ce qu'elle découvre avec un enthousiasme qui me ravit.

— *« Accroché à la falaise d'Aval, mondialement connue grâce à Maurice Leblanc qui l'a si bien décrite dans son roman L'Aiguille creuse comme étant le repère du gentleman cambrioleur Arsène Lupin, l'hôtel associe sa prestigieuse histoire à celle du village. »*

— Ça te plaît ?

— J'adore ! T'es dingue ! Un accès direct à la plage !

— J'ai réservé jusqu'à la fin de la semaine. Le camping ne va pas te manquer pendant quatre jours ?

— Il est très bien ce camping, tu sais ? C'est quand même fou d'avoir habité ici toutes ces années sans jamais l'avoir essayé !

— Je ne vois pas trop l'intérêt, quand on habite ici, de décider d'aller dormir sous une tente et sur un matelas pneumatique.

— Tu peux pas comprendre, t'es trop vieux maintenant.

— Oui, sans doute.

Nous nous taisons et le ronronnement de la voiture reprend le dessus. Il me semble que Charlotte somnole à son tour. Je me surprends à ressentir une certaine impatience à l'idée d'arriver sur place et de retrouver Lola. Je suis en train d'imaginer toutes les réactions possibles au moment où elle nous verra, quand le téléphone de Charlotte se met à sonner. Elle décroche en se demandant qui l'appelle, le numéro n'est pas masqué, mais elle ne le connaît pas.

— Oui, c'est moi. Pardon ? Je ne comprends rien du tout. Quoi ?!

Elle crie littéralement. Nous sommes à quelques centaines de mètres d'une aire de repos et je me déporte sur la droite pour sortir et m'arrêter. Charlotte ne se calme pas, elle pose des questions dans tous les sens à son interlocuteur mystérieux et ne lui laisse pas le temps de répondre. Quand la voiture est enfin immobile, comme si ses émotions suivaient le même mouvement, elle arrive à articuler distinctement : « Je vous passe mon frère. »

Au bout du téléphone, un homme qui se présente comme Thierry, le frère d'Antonin, m'explique la raison de son appel. Je garde le silence tout le long de son récit. Je suis bouleversé. Quand il a fini, je le remercie, et je lui dis que nous serons près de Lola dans moins de deux heures. Je lui demande de me laisser le temps de lui annoncer ce qu'il vient de m'apprendre, et qui va transformer la vie de ma petite sœur.

44
Lola

J'ai mis mon téléphone en charge. Quelques minutes de répit encore avant de m'atteler à cette tâche qui me semble la plus ardue de ma liste. Je ne peux rien faire sans être passée par là, pourtant. J'ai un peu de temps devant moi, je ne le rallumerai que quand la batterie aura atteint un niveau raisonnable. En attendant, je profite du calme et de la douceur de ma chambre. Belle aussi semble se plaire ici. Les caresses des filles de Magali et la vitalité de celles de Sarah la comblent. Elle reprend de l'énergie, elle dort moins que chez Ethan. À travers la fenêtre de ma chambre, je la vois traverser le jardin et rentrer dans le jeu de Noémie qui l'appelle à l'autre bout. J'aurais aimé que mon frère me suive ici. Ce genre d'endroit est exactement celui qui le ferait changer d'avis sur les bienfaits de sa sédentarisation.

Quatre-vingts pour cent.

C'est le moment. Je me convaincs une dernière fois que je ne risque aucun danger à assumer mon silence, mais mon cœur bat quand même plus vite quand je compose les quatre chiffres qui vont libérer les messages et les notifications arrivés ces deux dernières semaines, bientôt trois. Avant que tout se mette à sonner, j'active le mode silencieux et je retourne le téléphone. Une dernière respiration. Cette coupure aura au moins eu l'intérêt de mettre en évidence l'aliénation dans laquelle je m'étais mise ces dernières années sans m'en rendre compte. Être à ce point tendue à l'idée de rallumer un téléphone portable n'est pas très normal.

J'ignore les bulles de notification des différentes applications, je ferai le tri plus tard, et je me concentre sur les messages reçus. Ils sont nombreux. Je remonte le fil historique pour les prendre chronologiquement. En balayant les noms du regard, je ne découvre rien qui m'étonne. Mes amies colocataires apparaissent le plus souvent. Ça y est, je suis arrivée au premier jour. À cette date, celle à laquelle je suis partie de Marseille après le drame, et dans les deux jours qui suivent, lorsque je m'étais posée à Paris avant de rejoindre Ethan, une personne a cherché à me joindre. Des appels en absence, et un seul message. Thierry. Le frère d'Antonin. J'inspire une dernière fois profondément, et j'appelle la messagerie.

Lola, c'est Thierry. Je ne sais pas ce que tu fous depuis hier mais c'est n'importe quoi ! Nous laisser dans un moment pareil, c'est inexcusable ! Tu ne peux pas prendre la tangente et être injoignable. J'ai cru qu'on avait construit un lien, que tu avais rejoint la famille, et là... tu disparais, au pire moment de nos existences, on a tous besoin que tu sois là ! Rappelle-moi, s'il te plaît.

Je n'ai pas besoin de l'écouter une seconde fois, ce message m'a marquée au fer rouge. Chaque mot s'est imprimé dans ma mémoire. C'est exactement ce que je redoutais, et pourtant je m'y étais préparée. Il n'y a rien d'illégitime dans l'amertume et la colère de Thierry. Je les ai amplement méritées. Je regarde mon téléphone. Je sais que je dois poursuivre l'écoute de mes messages, quitte à passer un sale quart d'heure. C'est à ce prix que je pourrai avancer ensuite.

La suite est assez salée également, mais je parviens à aller au bout de tous les messages. Chez mes amis, le ton oscille en permanence entre l'inquiétude et l'exaspération. Il m'a fallu vingt minutes pour tout écouter, et Magali apparaît sur le seuil de ma chambre juste à ce moment-là.

— Ça va ? me demande-t-elle.

Je m'allonge de tout mon long sur le lit en soupirant, les bras et les jambes en étoile.

— Oui !

— T'as écouté tes messages ?

Je ferme les yeux et je reste immobile un instant. Je sens Magali qui s'est approchée et qui s'assied sur le lit près de moi.

— Je les ai tous écoutés !

— Super ! Alors maintenant, tu t'octroies une pause ?

Je me redresse et je m'adosse à la tête de lit.

— Est-ce qu'il ne faudrait pas mieux que je rappelle tout ce monde pour me libérer la tête ?

— Comme tu veux. Nous, on descend à la plage. On emmène ta chienne voir la mer ?

— C'est loin ?

— Un kilomètre et demi.

— T'as raison, j'ai mérité un bol d'air après tout, je viens avec vous.

— Un bol d'air, et une baignade !

— Elle doit être gelée…

— Pas plus que l'Indre dans laquelle tu as nagé la semaine dernière.

— Allons vérifier cela !

La descente vers la plage est très agréable, presque poétique. La valleuse est interdite aux véhicules, elle serpente au milieu de champs vallonnés et boisés, et ne nous laisse pas voir la mer avant les derniers virages. Je descends avec Magali, nous marchons doucement, au rythme de Belle. Elle a confié ses filles à Noémie et Agathe, elles nous attendent toutes les quatre sur les galets.

Je suis déjà allée à Étretat une fois, mais le paysage que je découvre en arrivant sur la plage du Tilleul m'émeut davantage encore. La célèbre aiguille n'est pas visible d'ici, mais la falaise de craie qui plonge abruptement dans la mer n'en est pas moins impressionnante. La plage de galets est épargnée par la foule, elle semble fréquentée par les habitués et les randonneurs de passage. En cette fin de matinée, il y a encore assez peu de monde, et comme l'endroit est vaste, nous avons l'impression de l'avoir pour nous seules. Magali s'approche de moi.

— Et en plus, aucun téléphone ne capte ici. Depuis la valleuse jusqu'à la plage, nous sommes seules au monde…

— De toute façon, mon téléphone fait la sieste au Clos des Reinettes.

— Moi, j'ai pris le mien comme un réflexe, mais ça ne sert à rien !

45

Ethan

Après l'épisode du téléphone, Charlotte a crié, puis pleuré. Elle s'est ensuite infligé toutes sortes d'insultes qu'elle m'a, par la même occasion, fait découvrir, avant de s'autocongratuler avec la même énergie débordante. David a suivi l'histoire sans trop s'en émouvoir et a remis son casque sur les oreilles. Maintenant que nous approchons du gîte dans lequel nous allons retrouver Lola, le silence est complet dans la voiture, un silence d'attente, un peu lourd.

L'endroit est bien indiqué, et je dois dire, assez charmant. Je pose la voiture dans le chemin face à la barrière. De l'autre côté, j'aperçois le citron de Lola. C'est bien ici. Charlotte bondit, plus qu'elle ne sort, de la voiture, et marche d'un pas décidé vers la propriété. Nous nous sommes mis d'accord, elle me laissera parler à Lola. Mais pour le moment, l'endroit semble désert, nulle trace de ma sœur ni des occupants des lieux. La voiture de notre voisine est bien là aussi, mais ce sont les seuls indices qui s'offrent à nous. Je vais frapper à la porte de la maison, sans succès. Cette arrivée a quelque chose de déroutant. Après avoir déployé autant d'efforts, il va nous falloir attendre que quelqu'un se manifeste. À part deux chats qui se prélassent au soleil, il n'y a pas âme qui vive.

— J'essaie d'appeler Lola ? suggère Charlotte.

— Essaie toujours.

— Ça sonne ! Ça veut dire qu'elle a rechargé son téléphone ! Répondeur.

— Laisse un message, on sait jamais.

— Lola, c'est moi. Papa nous a amenés en Normandie, on se demande où tu es, rappelle-nous !

— Bon…

— Tu as le numéro de Magali ?

— Oui.

— Bah vas-y ! Appelle-la ! Elles doivent être ensemble.

Je m'exécute mais je n'ai pas davantage de succès. Le répondeur se déclenche immédiatement. Je ne laisse pas de message.

— On va faire un tour en attendant ?

— Je préfère rester ici, je ne voudrais pas la rater.

Nous attendons longtemps, et au bout d'une heure qui me semble interminable, une voiture s'approche de la barrière et s'arrête. Je bloque l'accès, je n'ai pas fait attention. Je reste planté un peu bêtement à côté de la portière, à hésiter entre bouger mon véhicule et aller au-devant de la conductrice qui veut vraisemblablement rentrer chez elle. Mon attitude la fait rire, et c'est elle qui éteint son moteur et vient à ma rencontre.

— Bonjour ! Je peux vous aider ? Vous cherchez votre chemin ?

— Bonjour, non, pas vraiment, je cherche plutôt ma sœur, Lola. C'est sa voiture là, j'ajoute en désignant le citron.

— Ah ! D'accord, elle ne m'a pas prévenue, je suis désolée.

— Je ne l'ai pas prévenue non plus, c'est normal.

Nous restons debout face à face, et puis elle reprend :

— Entrez votre voiture, il y a de place à l'intérieur, je vous suis. Je sais où la petite troupe est partie, je vous raconte tout ça dès que j'ai vidé mes courses.

Nous l'aidons tous les trois à sortir ses sacs de la voiture et elle nous rejoint sur la terrasse après un bref aller-retour dans la maison.

— Lola et Magali sont à la plage avec les enfants. Nous devions nous y retrouver pour le pique-nique. Ça vous tente de manger à la mer ?

David ne déborde pas d'enthousiasme, mais il se rallie à Charlotte que cette perspective a ramenée à son état euphorique un instant envolé. Elle ne contient plus son impatience et mène le pas énergiquement. La descente vers la plage passe vite. La propriétaire du gîte, Sarah, nous dresse le portrait de la région dans laquelle elle vit depuis neuf ans, et elle raconte bien. J'ai beau être distrait par la conversation qui m'attend avec ma sœur, je prends plaisir à l'écouter et son histoire suscite ma curiosité.

— La mer !

C'est Charlotte qui a crié, et elle manque de tomber en dévalant les derniers mètres, plus rocailleux et pentus que la descente douce que nous venons d'arpenter. J'aide Sarah à passer les roches la soulageant du sac qu'elle a tenu à porter tout le long du chemin, et nous nous retrouvons face à une étendue de galets qui s'enfoncent dans l'eau. Je vois immédiatement Sophie et Juliette, occupées sur la plage entre deux jeunes filles plus âgées qu'elle. Sophie tourne la tête la première et court vers Charlotte, avec un équilibre remarquable malgré le sol périlleux, et saute dans les jambes de ma fille. Je ne vois pas Lola sur la plage, et je comprends. Il y a deux silhouettes dans l'eau, et en plissant un peu les yeux, je la reconnais avec certitude. Elle doit me voir à peu près au même moment, puisque je la vois agiter le bras et s'avancer vers le bord.

— Mais qu'est-ce que tu fais là ?

Elle n'a plus de l'eau que jusqu'aux genoux, mais elle avance avec de drôles de contorsions, la faute aux galets, j'imagine. Quand elle arrive près de moi, elle me prend dans ses bras comme le jour où nous nous sommes retrouvés à l'entrée de ma maison. Je me retrouve trempé en une seconde, mais heureux de la voir ainsi profiter. Magali la suit de peu et vient me saluer. Elle est plus à l'aise que ma sœur sur les galets, l'habitude sans doute.

Nous remontons vers le petit groupe installé plus haut, le moment n'est pas propice à parler, mais je ne peux pas garder ce que je sais plus longtemps, même si cette annonce risque de la soustraire à moi plus rapidement que ce que j'avais prévu. J'attends quand même qu'elle se rhabille, et tandis que le pique-nique commence dans le désordre le plus total, je demande à lui parler un peu à l'écart.

— Tout de suite ? Mais on a tout le temps de parler Ethan, regarde ce festin !

Je suis son regard, je vois toutes ces personnes avides de partager ce repas en plein air, les yeux pétillants, les rires au bord de toutes les lèvres. Même Charlotte, qui partageait mon état de fébrilité, semble s'être fondue dans l'ambiance festive et joyeuse qui s'installe au pied des falaises. Je renonce momentanément, rien ne changera pour la prochaine heure, je cède, quitte à devoir assumer après les reproches qu'elle m'adressera de l'avoir privée de la vérité à ce moment-là. Je veux la voir heureuse avant tout, et ce qu'elle me montre à cet instant ressemble beaucoup au bonheur.

— Ok, je te dirai tout à l'heure.

— Bien ! Viens, que je te présente un peu tranquillement à Noémie et Agathe. Tu connais déjà Sarah à ce que je vois ? Je suis tellement contente que tu sois venu, merci !

Si je suis honnête, je passe un bon moment sur cette plage. Les relations entre les unes et les autres m'échappent un peu, mais je profite de la chaleur de leur amitié et j'aime la légèreté de l'instant. Le pain est croustillant, le fromage, plein de saveurs, et les fruits sont gorgés de sucre. Ma fille s'endort dans les bras de son David, ma sœur parle et rit avec son cœur, Sarah et Magali sont de bonne compagnie. Il me semble que nous pourrions laisser les heures passer sur cette plage sans que le temps ne me semble long. Quand arrive le moment de plier bagage, je rassemble mes esprits, je me prépare à remonter à la valleuse en me délestant du poids de la vérité auprès de Lola, tout en la ménageant. Dire en douceur, en évitant les chocs. Je traîne un peu, je laisse tout le monde partir devant, de sorte à me retrouver seul avec elle. Elle m'attend, tout comme Charlotte, qui a perçu mon manège, et qui a demandé à David de partir devant. Après les rochers qui marquent l'entrée du chemin, Lola m'accroche le bras et donne le signal.

— Alors, frangin, qu'est-ce que tu avais de si important à me dire ?

Et ma Charlotte, qui avait pourtant promis de me laisser parler, de dire tout de go, sans y mettre les formes :

— Antonin n'est pas mort !

Lola pile sur place. Nous sommes tous les trois alignés sur le chemin. Ma sœur se tourne vers Charlotte et la regarde, comme pour vérifier qu'elle a vraiment parlé. Charlotte a les yeux qui brillent, le sourire persistant. Lola se tourne à présent vers moi, elle a l'air perdu.

— Heureusement qu'on avait dit que c'était moi qui parlais, pour t'annoncer les choses en douceur...

Je désigne le bas-côté, et je propose que l'on s'asseye pour la suite. Nous nous installons de sorte à pouvoir nous voir, cette fois. Lola a les mains qui tremblent. Elle a l'air plus inquiet qu'heureux. Je lui raconte sans traîner, pour lui faire quitter cet état de forte tension le plus vite possible.

— Charlotte t'a dit qu'elle avait envoyé tes lettres ?

Elle acquiesce.

— Elle ne savait pas qu'elles se terminaient avec la mort d'Antonin, elle ne les avait pas toutes lues.

Elle hoche encore la tête, elle me regarde avec une intensité brutale, comme si elle pouvait lire dans mes pensées avant que je forme les mots.

— Tes lettres sont arrivées. Thierry a décacheté l'enveloppe pour vérifier son contenu avant de les transmettre à Antonin qui est toujours à l'hôpital. Thierry est vraiment remonté contre toi d'être partie alors que son frère allait être opéré lourdement, et Antonin est encore mal en point. Ton départ précipité, ton silence absolu, il craignait que cette lettre annonce d'autres mauvaises nouvelles, et il voulait protéger son frère.

— Antonin est toujours à l'hôpital…

— Il a déjà eu deux opérations, il s'en est fallu de peu pour qu'il perde une jambe, mais tout s'est bien passé. Il boitera toujours, mais il est sain et sauf.

— J'ai vu sa mère s'écrouler de chagrin, et Diane m'a dit qu'il était mort !

— Oui, Thierry m'a parlé de ce passage dans tes lettres. Le jour où il est arrivé, les médecins étaient pessimistes sur les chances de la première opération, et ils ont dit qu'il allait perdre la jambe. Mais ses jours n'ont jamais été en danger. Il a appelé Diane, pour comprendre, elle a nié t'avoir dit quoi ce que soit, mais elle vient tous les jours à l'hôpital depuis l'accident, et elle ne se prive pas pour condamner ta fuite à chaque occasion. Ton absence semble arranger ses affaires.

— Alors c'est bien vrai. Antonin, depuis tout ce temps, est dans une chambre d'hôpital… Mais pourquoi ne m'a-t-il pas appelée, lui ?

— Il y a beaucoup de questions qui restent à éclaircir, et tu verras cela avec lui. Mais sache qu'il a essayé de te joindre plusieurs fois, avec le portable de son frère. Le sien n'a pas survécu à l'accident.

— Il faut que j'aille le voir.

— Oui, je sais.

— Je vais partir aujourd'hui.

— Je savais que tu dirais cela. Thierry attend que tu l'appelles. Et Antonin a hâte de te parler.

46
Lola

Je me suis relevée la première et je leur ai tendu la main pour les aider à se redresser. Quand Ethan et Charlotte ont été debout près de moi à nouveau, je les ai attirés vers moi et je les ai serrés du plus fort que j'ai pu. J'ai encore pleuré, les larmes sont revenues depuis quelques jours, mais là, elles libèrent tellement de choses que j'ai besoin des deux personnes qui comptent le plus pour me contenir. Charlotte serre ma taille avec ses deux bras, sa tête est sur mon épaule, Ethan accueille mes yeux trempés contre son torse, et enserre ma tête de ses deux larges mains en me caressant les cheveux. Antonin va bien. Antonin est à l'hôpital. Je vais le retrouver.

Je leur pose des questions auxquelles ils n'ont pas de réponse, il a juste eu Thierry quelques minutes au téléphone sur la route pour venir ici. Alors en attendant de pouvoir parler à Antonin, je me recale au moment présent, et je comprends alors seulement le geste que mon frère a fait.

— Tu ne savais pas tout cela quand tu es parti ? Vous n'êtes pas venus tous les deux pour me prévenir ?

— Le gîte est équipé du téléphone, je pense qu'on s'en serait contentés !

— Vous êtes venus pour me voir…

— Papa avait envie qu'on passe du temps ensemble ! sort Charlotte, dans une grandiloquence de gestes. Il nous a réservé un hôtel, à David et moi !

Ma nièce est aux anges. Je prends la main de mon frère sans rien dire et je la serre dans la mienne. Ethan loin de chez lui, pour retrouver sa sœur, qui réserve un hôtel pour sa fille et le premier des petits copains qu'il rencontre, j'ai beau être là pour le voir et l'entendre, j'ai du mal à me rendre compte.

— Ta mère n'a rien dit ? je demande à Charlotte.

— Elle n'est pas au courant de tous les détails. Mais je lui ai envoyé un message pour lui donner des nouvelles.

— C'est bien. C'est tellement bien comme ça…

Nous finissons la remontée de la valleuse sans échanger d'autres mots. Il me semble que nous sommes véritablement ensemble pour la première fois depuis des années. Je goûte ce moment avec la sensation d'une plénitude inédite. Quand nous arrivons au gîte, j'abandonne Ethan et Charlotte sans me préoccuper de rien d'autre que de récupérer mon téléphone pour appeler Thierry, lui expliquer avec mes mots l'affreux quiproquo qui m'a réduite au silence ces dernières semaines, et lui dire que j'arrive dès que possible pour retrouver Antonin.

Il décroche immédiatement. Il me laisse parler, je sors les phrases dans le désordre, je commence par la fin, je ris, je pleure, j'en oublie de respirer entre chaque idée. Au bout d'une minute de totale confusion, je m'arrête et je dis :

— Thierry, je te demande pardon, je suis devenue folle, j'ai fait n'importe quoi.

Il ne répond pas, c'est le silence total au bout de la ligne.

— Thierry ?

— Lola, c'est Antonin.

— …

— Je suis là, tout va bien…

J'ai chaud et mal au cœur, je tremble de tout mon corps. Je lutte pour rester avec lui mais les émotions m'emportent et je lâche le téléphone.

47
Ethan

Sarah me propose de prendre l'une des chambres d'hôtes qui sont libres.

— Quand Magali et les filles viennent, je ne prends pas d'autres réservations. Je me mets en mode vacances partagées, alors il y a de place partout !

Elle me montre l'endroit où je vais séjourner, une pièce spacieuse et claire malgré l'épaisseur des murs, grâce à une large baie vitrée qu'elle a fait ouvrir sur le jardin. Une salle de bains, un bureau, une cheminée, et une vue sur l'impressionnant pommier qui préside au centre du Clos. Je dépose mon sac et je vais prévenir Lola que je conduis Charlotte et David à Étretat, pour qu'ils s'installent à leur tour. Pour leur permettre d'être indépendants, Magali propose de m'accompagner avec sa voiture. Je pourrais ainsi laisser la mienne à Charlotte, ils nous rejoindraient en fin de journée pour le dîner.

— Sauf si vous préférez manger en ville, mais je vous assure que les repas ici valent le détour ! ajoute-t-elle.

Je ne sais pas trop ce que je veux, mais je m'imagine mal décliner la proposition après avoir débarqué sans prévenir.

Je frappe à la porte de Lola, pour lui dire que je fais l'aller-retour. Elle était si impatiente de partir qu'elle serait capable de filer dans le quart d'heure. Elle sera d'ailleurs peut-être partie quand Charlotte et David reviendront le soir même, elle voudra les embrasser avant, et c'est le moment où jamais. Elle ne répond pas, je n'entends rien à travers la porte. J'insiste, avec le même résultat. Étonné par ce silence, j'entrouvre la porte et je vois ma sœur allongée au sol, sans connaissance.

Elle revient à elle après quelques minutes. Je n'ai pas transigé sur la venue d'un médecin pour vérifier que tout va bien. Nous l'attendons d'une minute à l'autre. Elle est d'une pâleur effrayante et malgré son assurance à dire que tout va bien, elle ne cesse de faire des allers-retours aux toilettes, prise de nausées persistantes et de maux de ventre. Je reste auprès d'elle, et je rassure sans conviction les uns et les autres qui passent la tête par la porte pour prendre de ses nouvelles. Une demi-heure après que je l'ai découverte, le docteur arrive et je les laisse. Il reste une éternité auprès d'elle, puis ouvre la porte derrière laquelle je suis resté debout et m'autorise à entrer.

— Votre sœur va bien. Mais il va falloir faire une pause dans les émotions. Elle est épuisée. Pas d'effort pendant quelques jours, repos intégral, et tout devrait rentrer dans l'ordre.

— Mais elle a perdu connaissance et elle a vomi pendant une demi-heure…

— Ça arrive. Du sommeil, des repas réguliers, et du repos, voilà tout ce que je lui prescris. Si ça recommence dans les jours à venir, je lui ai laissé une ordonnance pour un bilan sanguin, mais au vu de ce qu'elle a vécu, je pense qu'elle n'en aura pas besoin.

Je le remercie et le raccompagne. Quand je retrouve Lola, elle a déjà repris des couleurs et ses nausées sont passées.

— Comment tu te sens ?

— Un peu bête, mais sinon ça va.

— Tu as besoin de quelque chose ?

— Non, ça va. Je vais rappeler Antonin, c'est arrivé quand j'étais au téléphone avec lui.

— Il n'est pas question que tu partes le retrouver dans cet état.

— Ethan, j'ai passé la trentaine, je suis assez grande pour prendre mes décisions.

— Il n'est pas question que tu partes le retrouver dans cet état, je te répète. Tu as entendu ce qu'a dit le médecin ? Repos intégral.

— Tu me demandes quelque chose d'impossible après tout ce qui vient de se passer, tu ne peux pas être sérieux !

— Ce n'est pas négociable. Si tu n'expliques pas ce qui vient de se passer à Antonin, je le ferai moi-même. N'oublie pas que j'ai le numéro de son frère !

— C'est pas comme ça que j'avais imaginé les présentations.

— Bah, c'est comme ça en tout cas. J'emmène Charlotte et David à leur hôtel, ils nous retrouveront ce soir. Je reviens vite.

Je la laisse soupirer et je ferme la porte. Je ne peux pas m'empêcher de souffler moi aussi. Je serai plus tranquille demain, quand elle aura passé une journée entière sans avoir refait de malaise, mais j'admets que je trouve un bénéfice personnel aux mesures de prudence que je lui impose. Elle va rester un peu.

Même David ne boude pas son plaisir. L'hôtel est splendide, et la vue mer inonde la chambre que je leur ai réservée.

— Tu as déjà dormi dans un endroit pareil papa ?

Je hoche la tête négativement.

— T'es dingue, je t'adore, c'est le plus beau cadeau de ma vie.

Le plus gros cadeau que je lui fais n'est pas tant dans le prix de la chambre que dans la volonté qu'il me faut pour la laisser dans les bras d'un jeune homme sans m'imaginer trop de choses. Je retiens la plupart de mes phrases, mais je ne peux pas m'empêcher de leur dire à tous les deux :

— Vous faites attention quand même ? Vous êtes prudents ?

— Papaaa…

Je me sens quand même mieux de l'avoir dit, même si ma fille a rougi. Je les laisse et je vais retrouver Magali devant l'hôtel. Elle est debout contre sa voiture, le visage tourné vers la mer.

— Alors ils sont contents ? me demande-t-elle.

— Oui, je crois qu'ils sont très contents.

— C'est un cadeau incroyable. L'idée en elle-même, et dans un endroit pareil en plus.

— Vous connaissez ?

— J'ai dîné une fois au restaurant, mais l'hôtel, non, je ne le connais pas. J'aimerais que le père de Sophie et Juliette ait ce genre d'idée plus tard…

— Il n'a pas pu se libérer ?

Elle se détourne de la plage et me regarde. Je ne vois pas ses yeux à travers ses lunettes de soleil, mais elle sourit.

— Nous sommes séparés depuis quelques années maintenant.

Elle n'a pas l'air triste ou fâchée de cette situation. Je me sens stupide, est-ce qu'elle me l'avait déjà dit ? Est-ce que j'ai oublié cette partie de son histoire ?

— Je vous prie de m'excuser, je ne…

— Vous ne le saviez pas, je n'en parle jamais. Qu'est-ce que cela peut faire, n'est-ce pas ? Je suis très bien comme ça, il n'y a pas de souci. Par contre…

— Oui ?

— Si on pouvait se tutoyer, Ethan… Je serais plus à l'aise. Avec nos filles qui tissent des liens de plus en plus forts, ça me semble incongru de continuer à se parler un peu comme des étrangers.

— Entendu, je vais essayer, je vous… Promis.

Elle rit, un éclat malicieux et discret, un peu comme sa cadette, et elle me fait signe de m'asseoir sur le siège passager en s'installant elle-même au volant.

Lola n'a pas déguerpi. J'avais hâte de rentrer pour m'assurer qu'elle n'avait pas fait sa tête brûlée. Je comprends son impatience, et je m'imagine combien ce repos forcé doit être difficile à digérer. Je la sais aussi capable de n'en faire qu'à sa tête et de refuser tous les conseils, même médicaux. Elle n'a été hospitalisée qu'une fois, une fracture du tibia, j'avais eu le plus grand mal à lui faire entendre raison pour que sa blessure guérisse au plus vite. Elle négligeait ses béquilles pour vaquer à ses activités, comme si nier le problème allait le faire disparaître. Son obstination lui avait valu une immobilisation forcée de plusieurs jours, mais cela ne lui avait pas servi de leçon. Elle déteste être malade, et agit toujours, même avec une forte fièvre, comme si elle était au-dessus de cela. Mais elle est bien là, allongée sur un transat, un bouquin dans la main. Je m'approche d'elle et l'embrasse sur le front.

— Tu as pu avoir Antonin ?

— Je viens de raccrocher, oui.

— Tout va bien ?

— Oui. Il m'a dit qu'il attendrait ton feu vert pour me demander de le rejoindre.

— J'aime beaucoup ce garçon.

— Moi aussi. Mais ne profite pas de ce pouvoir de décision pour me garder trop longtemps loin de lui.

— Je te le promets.

— Charlotte aime ton cadeau ?

— Je suis élu meilleur père de l'année.

— Comme frère, t'es pas mal non plus.

Un ballon interrompt notre conversation en tombant sur ma tête. Je me retourne avec l'objet dans les mains, et je vois Juliette qui est figée face à moi.

— Tu leur fais un peu peur, sois gentil, me glisse Lola.

J'écarquille les yeux.

— Un peu peur ?

— Bah oui, t'es un papa et un frangin en or, mais sur le plan des relations sociales extra-familiales, t'as une grosse marge de progression.

Je me retourne vers Juliette.

— Une partie de foot ? Je peux jouer avec vous ?

J'entends Lola qui pouffe derrière moi et qui se moque : « Alors ça, j'aurais dû filmer. »

48

Lola

Je n'ai même pas essayé d'argumenter avec Ethan. Le médecin m'a posé beaucoup de questions, il a pris mon pouls et ma tension, écouté mon cœur, mes poumons, regardé au fond de mes yeux. Il a pris le temps, avant de me dire que tout semblait en ordre. Il m'a invitée à un repos d'un jour ou deux, mais ne m'a pas proscrit de voyager. Je me sens capable de repartir dès aujourd'hui, demain matin au plus tard, mais j'ai décidé de rester deux jours. Puisque nous pouvons nous parler et nous écrire, l'attente avant de retrouver Antonin sera tout à fait supportable. Nous avons désormais des semaines, des mois devant nous. Je n'ai pas envie de perdre de temps, mais je viens de comprendre combien j'avais envie aussi de partager ce moment avec mon frère. Quand il est apparu sur la plage, je ne me suis pas rendu compte des montagnes qu'il avait dû déplacer pour venir jusqu'ici, entraîner sa fille et son petit copain, et s'éloigner de sa maison sans l'avoir anticipé plusieurs semaines à l'avance. J'étais tellement occupée à m'extraire de mes préoccupations, mon champ de vision s'était rétréci, je n'avais pas perçu l'ampleur de son geste. Mais là, quand je le vois, pour la première fois je crois, jouer au ballon avec un autre enfant que moi ou Charlotte, je comprends qu'il est en mouvement. Il se met à l'épreuve, et il a l'air de passer les premières étapes avec une relative facilité, cela en est presque déconcertant. Mon départ imminent pour Marseille va m'éloigner de lui à nouveau, les heures et les jours qui viennent sont importants, nous ne nous sommes pas retrouvés ainsi depuis des années.

Les dernières vacances passées ensemble remontent à l'année de mes dix-huit ans. Ethan et Laurence avaient réservé quelques jours dans un village vacances, Charlotte devait avoir cinq ans, et elle avait eu la varicelle pendant le séjour. Je n'étais plus partie avec eux ensuite. J'avais aimé, malgré le niveau de fatigue lié à l'inconfort de Charlotte, cette escapade loin de la maison, sans nos repères et nos habitudes de toujours. Ethan était rentré de mauvaise humeur, exténué. Je crois qu'après cela, ils ne sont quasiment plus partis en vacances tous les trois. Charlotte a dû obtenir, à force de ténacité, quelques week-ends prolongés en tête à tête avec son père, mais guère plus.

Sarah s'approche de moi et vient prendre de mes nouvelles.

— Allongée à l'ombre sur un transat, au milieu du jardin des merveilles, et sans rien d'autre à penser qu'à mes retrouvailles avec un fiancé que je croyais mort… Je crois que ça va très bien !

Elle s'assied à côté de moi et observe Ethan qui joue avec les filles de Magali.

— Ton frère est différent de ce que je m'imaginais.

— Magali te l'a décrit comme un ours en plein hiver ?

Elle rit.

— Pas tout à fait, mais il y a de l'idée !

— C'est elle qui a raison. Mais là, il a l'air décidé à sortir de sa caverne.

— Je voulais ton avis. Cela ne vous ennuie pas de dîner avec nous tous ? En table d'hôtes, ça ne se passe pas comme ça d'habitude, je n'ai pas envie de vous imposer la présence de qui que ce soit.

— C'est-à-dire ?

— Vous préférez peut-être dîner entre vous, en famille ?

— Les choses se sont faites un peu curieusement, tu sais. Je suis venue sur invitation de Magali, mon frère a fait la route pour moi, Charlotte et David ont suivi la musique, nous sommes tous un peu là les uns pour les autres. Le repas tous ensemble me semble la meilleure option, au contraire !

— Tant mieux ! Magali s'est déjà mise aux fourneaux, je pense qu'elle va nous faire un de ses desserts dont elle a le secret !

Ethan est allongé par terre, comme terrassé par la fatigue. Sophie s'approche de lui pour comprendre ce qui se passe, et il se réveille d'un coup, provoquant un nouveau rire chez la petite. Je le revois jouer ainsi avec Charlotte, et même avec moi, un peu plus âgées, et j'aime ce que ces souvenirs font remonter en moi. Il se lève et s'approche de nous :

— Votre Clos des Reinettes est admirable, Sarah.

Et le voilà qui fait la conversation, c'est la révolution intérieure chez lui !

— Merci, c'est toujours un grand plaisir de recevoir des compliments, je me suis beaucoup investie. Les efforts ont payé.

— Vous avez fait cela toute seule ?

— Bien sûr que non. J'ai été solidement entourée à la création du gîte et des chambres. C'était un projet ambitieux, et rien ne s'est tout à fait passé comme prévu, mais nous avons des voisins et des amis exceptionnels. Ils m'ont beaucoup soutenue, et puis j'avais mes filles. Elles ont été incroyables.

— Vous avez réalisé vous-même les travaux ?

— À l'intérieur, oui, en grande partie, en dehors des travaux d'électricité et de plomberie. Les murs et les toits, ça ne me serait même pas venu à l'esprit ! Ce sont des bâtisses un peu particulières. J'ai beaucoup appris en les rénovant, mais jamais je n'aurais osé me lancer dans de tels chantiers !

Sarah ne parle pas du père de ses filles, j'imagine qu'il n'a pas été du projet, et je l'en admire d'autant plus. Elle se lève et nous laisse, Ethan et moi, profiter de cette fin d'après-midi. Elle récupère dans son sillage Sophie, qui lui chuchote quelque chose à l'oreille et qui rentre dans la maison avec elle.

49
Ethan

Voilà déjà trois jours que nous sommes là. Lola prend le départ demain en fin de matinée. Il nous restera, à Charlotte, David et moi, une journée de plus avant de rentrer à notre tour. Nous avons exploré la côte, sur les conseils de Sarah et de Magali qui en connaissent les recoins les plus charmants. Nous avons dépassé Étretat et nous sommes allés découvrir Saint-Valery-en-Caux, avec Lola et Charlotte. Ma sœur m'a préparé une échappée belle digne des meilleurs guides touristiques. Nous sommes longtemps restés devant l'impressionnante façade à colombages de la maison Henry IV, nous sommes entrés dans l'église Notre-Dame, faite de grès et d'ardoise, et avant de rejoindre le quartier Saint-Léger et ses maisons de pêcheurs, nous avons marché au pied du phare centenaire à la lanterne verte.

Lola est dans une de ses journées que j'appelle « boulimiques ». Avide de tout, elle vit intensément, comme si elle rattrapait les journées perdues dans son chagrin inutile. J'ai vu qu'elle allait beaucoup mieux dès avant-hier matin. Tandis que nous partagions le petit déjeuner avec Magali, elle est arrivée de son pas énergique, les yeux encore bouffis de sommeil dans un contraste assez comique. Elle s'est assise à côté de moi, l'air renfrogné, et s'est servi un grand bol de café qu'elle a bu d'une traite.

— Mauvaise nuit ? j'ai demandé.

— Non. Très bonne, au contraire.

— Alors qu'est-ce que c'est que cette tête ?

— Je suis quand même la reine des pommes de ne pas être allée voir la famille d'Antonin après que cette fille m'a parlé et raconté n'importe quoi ! Trois semaines fichues en l'air, et beaucoup de mal fait à plein de gens.

Magali est intervenue :

— Si tu remues les actes ratés ou manqués, tu te gâches aussi le présent.

— Hum.

— C'est beaucoup de peine pour rien, mais sans cela, tu ne vivrais pas ce petit déjeuner au soleil de la côte d'Albâtre !

Lola s'est resservi du café et nous a regardés l'un et l'autre :

— C'est vrai.

Et on n'en a plus parlé.

Nous sommes rentrés de notre périple touristique en faisant une halte sur la plage d'Étretat, pour faire quelques photos de nous trois avec la falaise d'Aval et l'aiguille dans le dos, et le soleil dans les yeux. Les filles se sont baignées, et ont goûté aux joies du plongeoir flottant posé dans la zone de baignade, au milieu d'enfants et d'adolescents. Je n'ai pas perdu une miette de ces instants, je veux pouvoir convoquer ces images le plus fidèlement possible plus tard, et m'en souvenir avec la même force qu'aujourd'hui. De retour au Clos des Reinettes, et pour notre dernière soirée tous ensemble, j'ai proposé de me mettre aux fourneaux. J'ai acheté du poisson et Sarah m'a donné les clés de son jardin pour choisir les accompagnements qui m'inspiraient. Je goûte au plaisir oublié de préparer à manger ensemble. Nous avons invité la famille Delerre à se joindre à nous pour le repas, dans la tradition des vacances de Magali, comme tous les soirs depuis notre arrivée. La table sera longue et animée, Sarah et ses filles, Magali et les siennes, Charlotte, David, et Lola. Un certain Jeff qu'on ne m'a pas présenté encore nous rejoindra également.

Les daurades sont au four avec les papillotes de légumes. Lola et Magali se sont attelées à la réalisation d'une sauce dont elles ne veulent rien me dire. Elles m'ont juste demandé de leur « faire confiance ». Charlotte a dressé la table dans le jardin, tandis que David faisait preuve d'un sens de l'observation et d'une inertie remarquables. Ce garçon a touché le cœur de ma fille pour des raisons dont je n'ai pas encore perçu le mystère. Je dois être trop vieux, ou trop protecteur. Elle mérite mieux, mais je me garde bien de partager mon opinion.

Sarah nous rejoint avec des baguettes et quelques bouteilles. Elle a rafraîchi du champagne dans un seau, et agrémente notre table d'un bouquet de lilas qui la parfume instantanément.

— On fête quelque chose ? demande Magali.

— Un peu, oui ! Aujourd'hui, cela fait dix ans que j'ai les clés du Clos des Reinettes.

Elle s'approche de moi :

— Tu n'as rien bu ces derniers jours, mais là, il va te falloir une solide excuse pour ne pas lever ton verre avec nous, je te préviens Ethan !

Elle m'a tutoyé depuis le deuxième jour, sans sembler y faire attention. C'était assez simple, en fin de compte, d'adopter cette manière directe de se parler, et je m'y suis fait, avec elle, comme avec Magali.

— Je ne vais pas avoir besoin de faire travailler mon imagination. J'ai toujours aimé les bulles bien fraîches.

Lola me regarde.

— Pourquoi est-ce que je ne sais pas ça, moi ?

— Parce que tu ne peux pas tout savoir !

Je me sens étonnamment détendu. Sarah sert une coupe à tout le monde. Tandis qu'elle remplit un dernier verre, laissé sur la table, le dernier convive fait son apparition. C'est ce fameux Jeff, qui semble faire partie de la famille sans pour autant habiter les lieux. J'ai vécu la plupart du temps en compagnie de femmes, et en particulier ces derniers jours. L'arrivée d'un homme autour de la table me fait plaisir. Il se présente simplement comme l'ami de Sarah, et il se joint à notre toast après lui avoir tendu un bouquet de roses.

— Aux dix ans de la Reine des Reinettes !

— Incroyable que tu te rappelles la date ! s'exclame Sarah.

— Depuis que je te connais, nous avons davantage célébré cette date que ton propre anniversaire.

Tout ce que dit Jeff sort dans un sourire et un français un peu précieux, c'est étonnant et agréable à la fois. L'homme doit avoir cinquante ans, il est grand et sec, ses yeux clairs tranchent avec son teint hâlé et ses mouvements et déplacements sont comme le reste, tout en retenue. Il m'est immédiatement sympathique.

La soirée file vite. Lola se lève déjà et nous dit qu'elle va se coucher. Elle partira finalement de bonne heure demain matin, l'impatience a pris le dessus. Je ne lui en veux pas, elle est restée au-delà de ce que j'espérais depuis qu'elle a eu Antonin au téléphone. Elle n'a pas fait de malaise, et elle a l'air d'aller tout à fait bien. Je l'accompagne jusqu'à l'entrée de sa chambre.

— Je m'arrête toutes les deux heures et je t'appelle quand je suis arrivée. Je te promets.

— Parfait. Préviens-moi si tu as besoin de quelque chose. N'importe quoi.

— Bien sûr.

— De toute façon, je te redirai cela demain matin. Tu ne couperas pas à un dernier café avec ton frangin sous le pommier.

— J'y comptais bien. Profite de la soirée. Te couche pas trop tôt !

Quand je retrouve les convives, la table s'est bien vidée. Sophie et Juliette reviennent en pyjama, et kidnappent leur mère pour une histoire avant la nuit. Noémie, la plus jeune des filles de Sarah, est partie dans sa chambre. Charlotte et David sont sur le départ et m'attendent près de ma voiture avant de regagner leur hôtel.

La nuit n'est pas encore très profonde. Je m'assieds face à Jeff et Sarah. Agathe nous propose des infusions et des cafés et se lève pour aller les préparer. J'aime ce moment. Dans la semi-pénombre, depuis que les enfants sont partis, nous nous retrouvons dans un silence qui laisse la place aux bruits de cette heure, un hibou, la brise qui bouscule en douceur les arbres, quelques craquements un peu plus loin. C'est un silence de partage et non de gêne qui plane entre nous.

Agathe revient, suivie de peu par Magali. Elle s'est couverte d'un gilet qui la fait paraître plus menue encore. Il y a un petit choc quand le plateau est posé sur la table, et puis le calme revient. Je ne sais pas ce qui me prend, une phrase jaillit de moi et je romps ce silence :

— Je crois que c'est la première fois que je me sens aussi bien dans un endroit inconnu. J'avais toujours cru que je ne pouvais respirer comme ça que si j'étais près de mes racines…

Personne ne relève pendant un moment. J'ai presque chuchoté. Ils n'ont pas dû entendre, ou pas compris ce que j'avais dit. C'est Magali qui réagit la première :

— Ah les racines… Quelquefois, on trébuche en se prenant les pieds dedans. On peut même en rester prisonnier…

— Ou alors, tu te trompes de racines, Ethan.

C'est Sarah qui a ajouté ces derniers mots. J'attends qu'elle poursuive.

— Si tu te sens bien ici, c'est peut-être tout simplement parce que tu passes du temps avec les personnes qui comptent vraiment ? Si Charlotte et Lola n'avaient pas été là, tu aurais sans doute trouvé les lieux moins familiers et accueillants.

Les voix retombent, et cette fois, c'est un frottement sur l'herbe qui prend le dessus. Il se rapproche nettement de la table et même si on ne se voit plus très bien, je devine l'expression de surprise sur le visage de Magali. Sarah chuchote.

— C'est le hérisson du soir. Il vient écouter nos conversations.

Il repart comme il est venu, et semble s'arrêter quelques mètres plus loin. Je réfléchis à ce que viennent de dire Sarah et Magali.

— On m'a souvent dit que je m'étais enchaîné en achetant ma maison si jeune. C'est sans doute une forme d'emprisonnement. Mais je me suis toujours senti libre de mes mouvements. C'est juste que, en général, je n'ai pas envie de quitter mon chez-moi. Je ne sais pas vous dire pourquoi… Je m'y sens bien, c'est confortable. Quant au Clos des Reinettes, c'est vrai que je ne l'aurais pas découvert si ce n'avait été pour y rejoindre ma sœur, mais je ne regrette rien du tout. On a envie de s'y poser, vraiment. Et cela fait bien longtemps que je n'avais pas ressenti cela en dehors de chez moi.

— Merci, dit-elle simplement.

— Sarah fait pousser ses racines partout où elle se pose, sourit Jeff. Et elle a ce don pour faire de la place aux autres et les faire se sentir chez eux aussi.

— Comment vous faites ? je demande.

— Pour faire de la place aux autres ?

— Pour vous sentir chez vous partout ?

— Partout, c'est peut-être un peu exagéré, mais oui, je dois être une plante en pot, je voyage avec mes racines.

— Une belle orchidée ? suggère Magali.

— Quelque chose de moins fragile sans doute ! rit Sarah. Mais oui, j'aime bien l'idée des racines apparentes. Partout où je vais, je les porte en moi. Quelquefois, il suffit d'un détail, un objet, une fleur, une odeur. Même loin de chez moi et des miens, je me sens comme ici.

— Vous avez vu le lilas ? me demande Jeff.

Il est le seul à me vouvoyer. Magali m'a glissé tout à l'heure, qu'il n'avait réussi à tutoyer Sarah qu'au bout de plusieurs mois, c'est un sujet de plaisanterie entre eux.

— Oui, c'est étonnant, une floraison en plein été.

— Sarah adore cet arbre plus que tout. Elle a planté des variétés aux floraisons hâtives, classiques, et tardives, pour pouvoir respirer leur odeur pendant des semaines.

— À chaque fois qu'un lilas croise mon chemin, je me sens chez moi ! Même à des centaines de kilomètres. Tu n'as pas une plante comme ça, Ethan ?

Je n'ai pas besoin de réfléchir longtemps pour voir de quoi elle parle.

— J'ai une glycine. Quand elle fleurit chaque année, je me sens vraiment bien. Je crois que toutes les glycines en fleurs pourraient me faire cet effet-là, oui.

Magali se lève et montre la bouilloire.

— Quelqu'un est tenté par une deuxième tournée ?

Nous déclinons, elle remplit sa tasse, et repose l'eau chaude.

— Eh bien moi, j'aime bien voyager et laisser mes racines tranquilles de temps en temps !

Elle dit cela avec une telle spontanéité qu'elle nous fait rire tous les trois. Elle rit à son tour, et elle ajoute :

— Mes racines, mes soucis et les quelques fantômes qui traînent encore les pattes dans cette maison où je n'ai pas que de bons souvenirs.

— Tu veux changer de maison ? rebondit Sarah.

— Non, je ne crois pas. Il faut juste que je donne un grand coup de peinture pour m'y sentir mieux. Je vais peut-être planter un lilas aussi !

Cette proposition est accueillie par un applaudissement de Sarah.

— Je vote pour, bien sûr ! Mais tu risques de me voir arriver plus souvent, je te préviens !

Il y a à nouveau un silence qui s'installe. La voix d'Agathe nous sort de ce moment. Elle parle d'une voix douce et posée. Elle me regarde à travers l'obscurité, je peux presque sentir ses yeux posés sur moi.

— Quelquefois, Ethan, la prison n'est pas celle qu'on croit. Ce n'est sans doute pas le confort de votre maison qui vous retient de regarder ailleurs. Il y a des barreaux qui sont invisibles. Ce sont les plus durs à franchir, parce que, bien souvent, on ne sait même pas qu'ils sont là.

Ses mots sont étranges et sonnent juste à la fois. Je sens qu'elle ne développera pas, j'essaie de les imprimer pour m'en souvenir et les faire résonner plus tard, en plein jour. Sarah a laissé quelques secondes passer, avant d'attraper ce que sa fille vient de dire et de se l'approprier :

— Ça m'a pris des années pour les voir, mes barreaux, en ce qui me concerne. Quand j'ai compris que ce n'était qu'une peur d'échouer, je les ai attrapés, tordus, et j'ai réussi à quitter Paris et mon travail sans horizon pour enfin faire ce que j'aimais.

Elle lève son mug, comme pour porter un nouveau toast, et chacun la suit dans ce geste. J'aime mon travail, j'en suis fier et je n'en changerais pour rien au monde, et je me plais beaucoup à Veigné, sans avoir jamais eu envie de quitter ce lieu. Mais cette conversation m'éveille et me fait décidément toucher du doigt que je m'empêche de vivre tout à fait comme bon me semblerait.

— Sur ces sages paroles, les amis, je vais me coucher, je tombe de sommeil. Ethan, le repas état délicieux, merci beaucoup.

Jeff nous salue à son tour, Sarah et lui rejoignent la maison, suivis de peu par Agathe. La jeune fille n'a presque pas ouvert la bouche de la soirée, mais sa présence est agréable et son regard, bienveillant. Je m'étonne auprès de Magali, qui est désormais la seule à table à mes côtés, de voir une jeune femme de cet âge apprécier la compagnie d'adultes de nos âges et faire preuve d'autant de clairvoyance.

— Agathe est comme ça. Elle sent les choses, en général, elle voit juste. Et encore, tu n'as pas vu ses photos. Un véritable choc, elle arrive à saisir les gens comme personne sur une pellicule. C'est une jeune femme qui n'est pas ordinaire. Elle est solitaire et très sociable tour à tour.

— Un peu comme toi ?

— Moi ? Tu me trouves solitaire ?

— Tu te débrouilles toute seule, tu es indépendante, et à l'aise avec tout le monde à la fois.

— On dirait que tu as oublié que j'ai mis mes filles en garde chez toi pendant presque deux semaines !

Cela me semble s'être passé il y a une éternité, ce n'était pourtant que la semaine dernière.

— Je suis content que tu l'aies fait. Je n'ai pas été agréable tous les jours, Lola m'a un peu fait la leçon. Je ne voulais pas te blesser.

— Je ne sais pas mentir…

Elle a dit ça en souriant, sans amertume.

— Tu n'es pas fatiguée ?

— Si. Presque trop pour me sortir de ce fauteuil et retrouver mon lit, mais tu as raison, il est tard.

Je lui tends la main et nous nous levons en même temps. Nous nous retrouvons face à face et avant que je comprenne ce qui se passe, je sens les bras de Magali sur mes épaules et ses lèvres sur les miennes. C'est un baiser doux et furtif, auquel je n'ai pas le temps de répondre. Elle a déjà tourné les talons et elle n'est plus qu'une silhouette au fond du jardin.

50
Lola

Je suis presque arrivée à Lyon, je m'octroie une pause et j'ai une pensée pour Ethan. Je ne me sens pas fatiguée mais je respecte mes engagements, je sais que l'impatience peut me jouer des tours et masquer ma perte de vigilance au volant. En fin de matinée, tandis que j'avais roulé trois bonnes heures, aux alentours d'Auxerre, j'ai déjà failli oublier les consignes de prudence. J'ai profité de ce premier arrêt pour appeler mes amies parisiennes et dérouler le fil de mes péripéties de ces dernières semaines. Il y a eu beaucoup d'exclamations, je me suis fait copieusement reprocher mon repli sur moi. Je ne l'avais pas volé. Tout va bien pour elles, et je peux dire, presque avec certitude, qu'il en est de même pour moi. Nous nous sommes quittées heureuses de nous être parlé, et déterminées à nous revoir très vite pour reparler de tout cela de vive voix. Dans quelques heures je serai auprès d'Antonin, et j'ai beau lui parler quotidiennement depuis trois jours, j'ai encore du mal à le croire. Il devrait sortir de l'hôpital sous quelques jours, à condition de revenir régulièrement faire contrôler ses blessures opérées, et d'être constant dans sa rééducation. Je pense qu'il ne m'a pas raconté l'étendue de celles-ci, ni la gravité de l'accident. Trois semaines d'hospitalisation, bientôt quatre, c'est très long.

J'arrive à Marseille vers seize heures. Je file directement à l'hôpital. C'est une fois arrivée sur le parking que l'émotion me reprend. La dernière fois que je suis venue ici, j'en suis repartie en morceaux, j'ai beau savoir que ce n'est plus qu'un mauvais souvenir, mon corps s'en rappelle encore. Je suis prise de tremblements et d'une subite envie de pleurer. Je ne la garde pas en moi, je laisse les larmes et la peur s'écouler de moi, longuement, avant de sortir pour le retrouver.

Il y a beaucoup plus de monde que la dernière fois. Les allées et venues et le bruit ambiant me donnent le tournis. Antonin m'a donné son numéro de chambre et les indications pour le retrouver, mais je suis complètement perdue. Je me fais bousculer à deux reprises, la troisième fois, je me retourne avec l'intention de dire ce que je pense de ces manières.

— Vous ne pouvez pas faire un peu atten…

— Bonjour Lola, t'es un peu en retard mais ça fait plaisir de te voir !

— Thierry !

Nous restons plantés l'un en face de l'autre sans rien dire, puis il m'ouvre ses bras et je m'engouffre dedans pour une brève étreinte. Il pose ensuite ses mains sur mes épaules et me regarde.

— Eh bien, il est temps que tu reviennes parmi nous, t'as rien mangé depuis trois semaines ou quoi ? Tu es maigre comme un clou !

J'ignore sa remarque. Une seule chose compte maintenant, revoir Antonin.

— Tu peux me mettre sur la route ? Je suis complètement paumée, je ne sais pas dans quelle direction aller.

— Suis-moi, je te laisserai à la porte, je viendrai le voir plus tard.

— Mais non, viens avec moi Thierry ! Ça ne me dérange pas du tout !

— C'est pas pour toi, c'est pour moi. Si je le prive de vos retrouvailles en tête à tête, il va me tuer, il est impossible depuis deux jours. Il ne t'attendait pas avant ce soir, il va être content !

Ça y est, je suis devant la porte de sa chambre. Thierry vient de repartir dans l'autre sens. Mon cœur bat à tout rompre, je n'ai rien apporté d'autre que ma joie de me retrouver avec lui, elle prend tellement de place qu'elle m'encombre presque. Je frappe, deux fois, et quand je reconnais sa voix qui m'invite à entrer, je tourne la poignée et je pénètre dans la chambre.

La première chose que je vois en pénétrant dans la pièce, c'est le lit vide. J'ai à peine refermé la porte du couloir que j'entends un juron s'échapper de la salle de bains.

— Mais quel con ! C'est toi Thierry ? Je te préviens, je suis pas d'humeur si t'as l'intention de me faire la morale !

— Te faire la morale pour quoi ? je demande à travers la porte toujours fermée.

Il met quelques secondes avant de réagir, sans se montrer pour autant.

— Lola ?

— Oui.

— Oh merde, attends, je pensais que c'était mon frère ! Je croyais que tu arrivais ce soir !

— Je ne vais pas repartir, je te préviens ! Je peux entrer ? Tu as un problème ?

— Pas vraiment, mais un peu quand même.

L'information n'est pas très claire, je préviens une dernière fois et je vais voir ce qui se passe. Se parler à travers à la porte me paraît complètement absurde. Je retiens un cri quand je le vois.

— Antonin ! Mais qu'est-ce que tu fais ? Qu'est-ce que c'est que ce sang ?

Il est debout, torse nu, un bras posé sur le lavabo où il se tient, tandis que l'autre retient une béquille qui est en train de s'échapper. Il a de la mousse à raser sur la moitié du visage, et de l'autre côté, un filet de sang dégouline dans son cou et jusque sur sa poitrine. Son crâne est partiellement rasé, il a un plâtre à la jambe, un pansement immense sur le côté du dos, et des bleus absolument partout. Je ne sais pas par quoi commencer, le soutenir, lui donner son autre béquille qui est au sol, essuyer son visage et son torse, je ne sais même pas si je peux le toucher sans lui faire mal. La situation est tellement absurde, j'ai envie de rire devant son visage surpris, et son air empêtré. Il trouve lui-même la solution et s'assied sur la chaise installée à côté de lui, prend la serviette pour s'essuyer le visage.

— Je n'ai pas le droit de faire cela seul, mais je voulais me raser avant que tu arrives, et ce n'est pas la bonne heure pour demander de l'aide…

Il n'y a pas d'autre chaise à côté de lui. La seule manière d'être à la même hauteur est de rabattre la cuvette des toilettes et de m'asseoir dessus. Il me regarde faire. Quand je suis posée, il me prend la main :

— Romantique, hein ? Ces retrouvailles dans les toilettes ?

Pour toute réponse je l'embrasse. Doucement, longuement, il me semble que mon corps irradie à nouveau de chaleur, que l'énergie circule à nouveau complètement normalement.

Une aide-soignante est passée peu après que je suis arrivée, et nous a trouvés assis tous les deux dans la salle de bains, les béquilles à terre et le rasoir dans le lavabo. Si Antonin a échappé au sermon de frère, il n'a pas coupé à celui de la jeune femme.

— Vos pansements sont fichus maintenant, nous vous avons dit qu'il ne fallait pas quitter le lit aujourd'hui ! Si vous continuez comme ça, vous ne pourrez pas rentrer chez vous à la fin de la semaine, le médecin a été très clair ce matin !

Il n'a rien osé répondre, et il a passé le reste de la journée allongé. Quand nous avons à nouveau été seuls, nous avons aménagé l'étroit couchage pour que je puisse me faufiler à ses côtés et nous sentir l'un près de l'autre, sans mettre en péril les bandages propres. Je sais déjà, pour avoir longuement discuté avec lui quand j'étais en Normandie, ce qui s'est passé après que je l'ai laissé parler avec Diane ce soir maudit. Elle lui a demandé, comme une dernière faveur, un moment seul à seul, sur la plage de la calanque où ils s'étaient connus il y a plusieurs années. Sous condition qu'elle mette fin de manière irrévocable à ses apparitions répétitives et envahissantes dans notre quotidien, il avait accédé à sa demande. Elle avait bu, lui aussi, cette décision était stupide. Ils étaient arrivés à Sormiou, étaient restés quelques minutes avant que ne se déclenche une dispute. Elle n'avait pas renoncé à lui, et cette manœuvre n'avait pour but que de le faire changer d'avis. Il était remonté à la voiture, Diane l'avait suivi en pleurs et en cris, et au tournant de l'un des multiples virages qui les ramenaient sur Marseille, l'accident s'était produit.

— Thierry m'a dit qu'elle avait été très présente à l'hôpital ?

— Les premiers jours, je n'en ai pas souvenir, comme du reste d'ailleurs. Quand j'ai émergé un peu, elle était là. Elle passait une fois par jour. Je ne voulais pas la voir mais elle était tellement rongée de culpabilité que je n'ai pas eu l'énergie de l'envoyer balader. Par contre, depuis que j'ai su ce qu'elle t'avait dit, il n'est pas question que je la recroise.

— Vous en avez parlé ?

— Au début, elle a nié. Et puis elle a reconnu qu'elle t'avait « induite en erreur » involontairement, mais qu'elle n'avait rien fait pour te détromper.

— J'ai mal réagi. Si j'avais eu une réaction plus raisonnable, je me serais détrompée toute seule…

— Tu es là, moi aussi, et dans trois jours, nous serons ensemble chez nous pour tout recommencer normalement.

— Si tu arrêtes de vouloir te raser tout seul !

— Compte sur moi.

51
Ethan

La dernière après-midi touche déjà à sa fin. Un peu avant seize heures, j'ai reçu un message de Lola qui était arrivée à bon port, avec la photo qui l'illustrait. Je pensais pouvoir me détendre après cette nouvelle rassurante, mais je me sens toujours un peu tendu. Je crois que c'est l'idée du départ. Pour la première fois, le plaisir de retrouver ma maison ne prend pas le dessus. Je crois que je n'ai pas envie de partir, et je n'en reviens pas moi-même.

J'ai passé la journée avec ma fille. Plage, restaurant, plage, boutique de souvenirs, glaces, plage. Le programme de ses rêves. David nous a laissés, et ni elle ni moi n'avons insisté pour le faire changer d'avis. Elle m'a déposé au gîte tout à l'heure. Il était prévu qu'elle reste à Étretat pour la dernière soirée, mais au moment de partir, elle m'a dit :

— Papa. Cette journée, c'était… Ces vacances sont vraiment les meilleures de toute ma vie je crois. Ce soir, on peut venir manger ici finalement ?

— Bien sûr. David ne va sans doute pas apprécier, je crois qu'il attendait ce dîner au restaurant avec impatience ?

— S'il veut aller au restaurant, il ira tout seul. Moi, je veux venir ici.

J'ai fait un effort démesuré pour ne pas en rajouter une couche, ni montrer que j'étais d'accord avec elle. Elle est repartie en sautillant vers la voiture et moi, j'ai regagné ma chambre.

J'ai guetté Magali ce matin tandis que je prenais le petit déjeuner, mais elle ne s'est pas montrée. Je ne l'ai pas croisée non plus quand Charlotte est passée me chercher, et au retour, le Clos m'a semblé désert. La scène d'hier soir m'est revenue plusieurs fois, et je ne parviens pas à me faire un avis sur ce qui s'est passé. Elle a certainement voulu me souhaiter bonne nuit et, par maladresse, elle m'a embrassé sur les lèvres ? Ou bien elle l'a fait exprès ? Mais en ce cas, qu'est-ce qu'une jolie et jeune femme comme elle (elle doit bien avoir sept ou huit ans de moins que moi) peut bien me trouver ?

Je commence à rassembler quelques affaires, et puis je décide de reporter cette activité à plus tard, pour profiter encore du jardin et de la belle lumière. Sarah aussi a conservé des abonnements aux journaux papiers, et je me réjouis par avance à l'idée de m'installer sur un transat avec un quotidien. Si Manelle me voyait, elle ne le croirait pas… Je suis allongé depuis quelques minutes à l'ombre du pommier. Belle m'a vu approcher, elle s'est déplacée jusqu'à moi et s'allonge à côté. Je l'ai vue remuer comme jamais depuis que nous sommes ici, la compagnie, ou l'air de la mer… Peut-être un peu les deux, comme le disait Lola… Tandis que je la caresse, c'est un chat qui s'approche de nous, et contre toute attente, qui saute sur mes jambes et s'installe sur mes cuisses. J'ai déjà vu l'animal se promener dans le jardin, mais il ne s'était jamais approché de moi jusqu'à présent. Je le laisse s'installer et je retourne aux nouvelles de l'été.

Je me suis assoupi, le journal dans les bras, le chat sur les jambes et Belle à mes pieds. Il me semble que nous sommes tous les trois tirés de notre sieste quand les enfants entrent dans le Clos sans aucune discrétion. J'entends Magali qui invite ses filles à faire moins de bruit pour ne pas me déranger. Je n'ai pas envie de passer pour un empêcheur de rire ou de courir, alors je me redresse et je les salue le plus jovialement possible. Les filles s'approchent de moi, mais surtout de Belle et du chat qui n'a pas bougé, tandis que Magali répond à mon bonjour d'un signe poli de la main, avant d'entrer dans le gîte. J'ai un petit pincement au cœur stupide. J'aurais aimé qu'elle s'approche, qu'elle me raconte sa journée avec son enthousiasme habituel. Je lui aurais fait le récit de ma journée avec Charlotte et nous aurions parlé du repas du soir. Certes, j'aurais pu me lever et aller à sa rencontre également. Je peux toujours le faire d'ailleurs, aller toquer à sa porte. Mais pour quoi faire ? Et pour lui dire quoi ? Je pense que mon interprétation de la veille a été un peu abusive. Elle m'a simplement dit bonne nuit, et aujourd'hui, elle est extrêmement gênée de ce qui s'est passé et elle a peur que je m'imagine des choses…

Je prends un soin inhabituel à m'habiller pour cette dernière soirée. Je me rase de près, alors que je porte presque toujours une barbe de quelques jours, je mets l'unique chemise que j'ai emportée, en prenant soin de la repasser avant. Le chat ne me quitte plus. Il m'a suivi dans la chambre, s'est installé sur le lit et il semble me regarder faire. Sur le chemin du retour tout à l'heure, j'ai demandé à Charlotte de faire une halte pour trouver quelque chose à offrir à Sarah. Certes, je paye ma chambre et les petits déjeuners, à un tarif plus que raisonnable, mais les bénéfices que j'ai tirés de ce séjour vont bien au-delà d'un hébergement confortable. Il me semble qu'il me fallait m'éloigner de notre maison familiale pour que nous nous retrouvions avec Lola et Charlotte. Depuis que nous sommes ici, à partager des moments simples, en compagnie de personnes généreuses, et dans un décor tout aussi apaisant que notre belle campagne tourangelle, la vie semble avoir pris un nouveau départ pour nous trois. J'ai choisi des fraisiers remontants à fleurs roses, des plantes en pot, naturellement, fleuries et donnant des fruits. J'ai aussi pris quelque chose pour Magali, qui nous a ouvert les portes du refuge de ses vacances. Comme un gamin qui agit en cachette, je suis entré dans une boutique à Étretat, pendant que Charlotte faisait la queue chez le glacier, et je lui ai choisi un foulard. Je ne sais pas pourquoi j'ai agi ainsi.

L'odeur de la fumée parvient jusqu'à moi. Ce soir, c'est barbecue, a décrété Jeff. Pommes de terre à la braise, brochettes de légumes, et assortiment de viandes. Je me regarde dans la glace, je demande au chat ce qu'il en pense, et je sors pour donner un coup de main.

L'idée du fraisier a enchanté Sarah. Elle m'a remercié plusieurs fois, et a déjà choisi son futur emplacement. Quant au foulard de Magali, il est toujours dans ma chambre, soigneusement emballé dans un délicat papier. Je n'ai pas réussi à trouver le moment opportun pour le lui offrir. Depuis le début de la soirée, elle n'a jamais été seule, et pour une raison qui m'échappe, elle m'impressionne un peu ce soir. Elle a mis une robe longue à fleurs, elle a attaché ses cheveux, on dirait une danseuse espagnole, et elle a le sourire qui va avec. Elle est différente, elle aussi, depuis quelques jours. Ou alors je n'avais pas fait attention avant. Elle me semble avoir plus d'assurance, être plus drôle et gaie que dans l'image que j'ai en souvenir.

Le repas touche à sa fin, et je dois à ma fille de m'offrir, enfin, la possibilité d'adresser la parole à Magali, sans avoir besoin d'inventer un prétexte. Charlotte est à côté de moi, et Magali est en face, en train de sermonner gentiment Sophie pour la dizaine de taches qu'elle a réussi à faire sur sa robe en une soirée.

— Ça t'ennuie papa, me demande-t-elle, si demain, on passe par Nantes pour déposer David ? J'irai aussi prendre quelques affaires chez maman, et il faut que je fasse un tour à la fac pour mon dossier de la rentrée.

Je reviendrai par chez toi en train après ? D'ici deux trois jours ?

— Alors ça y est, tout est décidé ? Tu fais ta rentrée à Tours ? Tu rentres à la maison ? Ta mère est au courant ?

— Je vais en profiter pour le lui dire en face, ce sera mieux.

— Passer par Nantes, c'est possible, oui… C'est pas vraiment la route, mais bon…

Je pense aussi que je n'ai pas envie de recroiser Laurence, et qu'il me paraît difficile de déposer notre fille chez elle sans aller au moins la saluer. Elle m'a laissé un message hier soir, elle s'excusait. Elle voulait me parler. Je n'ai pas rappelé, et pour la première fois, cela n'a pas été difficile. J'ai compris, enfin. Dans notre relation, Laurence voudrait tout garder. La complicité parentale, l'amitié, et même, quand cela lui chante, la séduction et le flirt, mais sans hériter du moindre engagement ou d'une quelconque promesse assortie. Cela ne me fait plus rien. Je ne sais pas ce qui me restait dans le cœur et qui me faisait trembler ainsi en sa présence, mais c'est parti. Huit années de regrets et d'attente viennent de s'achever. Je préfère que nos contacts se cantonnent au sujet de Charlotte, je ne suis pas équipé pour la complexité, et Laurence est très compliquée. Mon hésitation et mes réserves doivent s'entendre dans ces quelques mots. Charlotte, plus hardie que je ne le serai jamais, s'adresse alors à Magali :

— Tu repars aussi demain, non ? Si tu peux ramener papa, je file à Nantes avec sa voiture et je la lui ramène après ? Papa, tu pourras prendre une voiture au travail ?

Je souris de gêne et je reprends ma fille comme je peux, mais Magali m'interrompt :

— C'est une très bonne idée Charlotte. J'ai largement de la place dans ma voiture... Si Ethan est d'accord, naturellement...

Je m'apprête à lui répondre par l'affirmative, quand un dernier rebondissement vient ponctuer cet échange. Nous entendons Sarah s'exclamer :

— Mais qu'est-ce que c'est que... ?

Le chat qui ne me lâche pas les baskets depuis cet après-midi arrive vers nous en courant après un paquet que je reconnais bien. J'ai pourtant fermé les portes de ma chambre, je ne sais pas comment il a pu mettre les pattes dessus. Comme s'il savait exactement ce qu'il faisait, il s'arrête à mes pieds avec le paquet brillant. Sarah fait le tour de la table et s'approche pour le lui retirer, mais Charlotte, encore elle, décide de finir en beauté :

— Laisse, Sarah, c'est le cadeau que papa a acheté pour Magali cet après-midi, et qu'il n'ose pas le lui offrir depuis tout à l'heure !

J'aurais bien aimé que tout le monde quitte la table à ce moment-là. Mais au contraire, tout le monde se tait, comme s'ils attendaient la chute d'une histoire. Magali me regarde droit dans les yeux, et cela ne me facilite pas la tâche. Je me baisse et ramasse le sac en papier de soie qui est miraculeusement indemne, et je le lui tends.

— C'est vraiment rien, j'avais même oublié...

J'entends ma fille qui soupire et puis, tandis que Magali ouvre le paquet et essaie son foulard, les conversations reprennent.

— J'aime beaucoup. Merci Ethan.

Je fais un signe avec la tête, pour lui dire que ce n'est pas grand-chose, je ne sais pas ce qu'elle en comprend. Nous suivons le mouvement pour débarrasser la table, et je reste un peu dans le jardin, à regarder le ciel. La lune est presque pleine, sa lumière cache certaines étoiles. Tout le monde est rentré, je m'apprête à faire pareil. Je jette un coup d'œil autour de moi, à la recherche du chat, je commençais à m'habituer, mais il a déguerpi. Quelqu'un a oublié un vêtement sur une chaise. Je m'approche et je reconnais mon cadeau à Magali. Elle n'a pas aimé. Tant pis. Je le prends pour qu'il ne prenne pas l'humidité du matin. Arrivé devant ma porte, je fais demi-tour, je traverse le jardin à nouveau et je vais frapper à la fenêtre de Magali, à travers laquelle je perçois de la lumière. La porte d'entrée s'ouvre quelques secondes plus tard, et elle apparaît, toujours vêtue de sa robe à fleurs, elle a juste détaché ses cheveux.

— Tu as oublié ton foulard sur la chaise.

— Merci.

— Il ne te plaît pas ?

— Si, beaucoup.

— Alors…

— Alors j'avais envie que tu toques à ma fenêtre pour me le rapporter !

Elle dit cela en riant, elle est encore plus belle quand elle rit. Je le mets autour de son cou, et je l'approche de moi doucement. Quand nos lèvres se touchent, je sais que le furtif baiser de la veille n'était pas une maladresse. Cela ne dure pas très longtemps, je n'en reviens pas de ma propre audace. Je recule d'un pas, elle me regarde en souriant d'un air insondable. Je réponds à son sourire, lui souhaite une bonne nuit, et je regagne ma chambre.

Ce moment sur le seuil de sa porte flotte entre nous pendant tout le trajet du retour le lendemain après-midi. Pendant les premiers kilomètres, Sophie et Juliette chantent, parlent, jouent et nous interpellent, leur mère et moi, sur toutes sortes de sujets, et surtout sur ceux dont je suis complètement ignorant. Puis, comme si un sort leur avait été jeté, elles sombrent toutes les deux dans le sommeil au bout d'une demi-heure.

— Elles dorment vraiment là ? je demande à Magali, après m'être retourné trois fois pour comprendre comment elles ont pu passer d'un état d'agitation intense à ce sommeil profond.

Elle jette un coup d'œil dans le rétroviseur.

— Oui. Complètement. La magie de l'enfance. On. Off.

Il y a encore deux bonnes heures de route. Je passe la main dans le cou de Magali, puis je recouvre la sienne, posée sur le levier de vitesse. Je ne sais pas trop ce qui m'arrive, mais j'ai envie que ça continue.

52

Lola

Ça y est, le jour du retour à la maison est enfin arrivé. J'ai préparé l'appartement, rangé, fait le ménage et rempli le frigo comme j'ai pu. Antonin va arriver d'un moment à l'autre, il se fait raccompagner en ambulance, et sa dernière épreuve avant le repos au domicile sera la montée des escaliers. L'appartement est lumineux, mais cette clarté se mérite, l'escalier est haut, et nous sommes au quatrième et dernier étage sans ascenseur.

Le mois d'août touche à sa fin. L'heure de la rentrée et des décisions pour la suite a sonné. J'ai réfléchi à toute allure ces derniers jours, à la vitesse des événements qui se sont produits dans ma vie ces dernières semaines. Je sais que je ne reprendrai pas mon poste dans la compagnie aérienne, et j'ai envie de faire un métier qui me plaise, dans lequel je me sentirai utile et qui me permettra d'apprendre au fil des années. J'ai parlé à du monde quand je travaillais au restaurant, et je crois que j'ai trouvé ce que je veux faire. Un changement un peu radical, mais chaque jour qui passe confirme ma motivation. Je n'ai parlé de mon projet à personne, il me faudra obtenir un diplôme, et pour cela, entrer dans une école qui reçoit les candidats sur concours. Treize ans après mon bac, je ne suis pas certaine de réussir du premier coup. Mais j'ai envie de devenir assistante sociale, je me lance. Je vais avoir quelques mois pour me préparer, vérifier la faisabilité matérielle du projet en prenant rendez-vous à Pôle emploi pour le financement, et amortir le choc de tout mon entourage qui me voyait plutôt reprendre une agence de voyages, ouvrir une boutique de vêtements, ou travailler dans l'événementiel. J'ai de l'énergie à revendre, depuis toujours, mais plus encore depuis que j'ai retrouvé Antonin. Cette perspective de changement me réjouit déjà.

Mes amies parisiennes m'ont fait une surprise. Une vraie surprise, de celles qui n'ont pas que des bons côtés. Elles ont pris un billet et arrivent dans trois jours pour passer le week-end. Je leur ai dit qu'Antonin allait tout juste sortir de l'hôpital, et qu'il aurait besoin de repos, mais j'ai prononcé ces mots devant lui, et il s'est mis à parler fort, pour qu'elles entendent au bout du fil : « Venez les filles, qu'on fasse connaissance pour de bon ! J'ai pas besoin de repos, j'ai besoin de vie et de mouvement ! » Après cela, il n'a plus été question de négocier quoi que ce soit, même si j'aurais bien aimé l'avoir pour moi toute seule quelques jours, qu'on reprenne des forces et nos habitudes ensemble, tous les deux, avant de recevoir du monde.

J'entends du bruit dans l'escalier. J'ouvre la porte et je le vois, escorté par deux personnes dont il refuse l'aide, grimper marche après marche, en s'appuyant sur ses béquilles. Il lève la tête, me sourit :

— J'arrive ma belle ! Regarde ça, à ce rythme-là, dans trois semaines, je serai le gars le plus musclé du quartier !

Il arrive à bout de forces, mais trop fier pour le reconnaître. Les ambulanciers sont partis, il jette ses béquilles et s'installe sur la banquette.

— Je suis quand même content d'être enfin rentré ! Cet appartement commençait à me manquer !

— Tu commençais à manquer à cet appartement aussi !

— Dis-moi Lola, il y a quelque chose qu'il faut que je te demande.

Il a un air sérieux soudain. Je suis debout, le dos posé contre le frigo, je me redresse un peu.

— Quoi ?

— Maintenant que je ne suis plus mort, va falloir songer à me rendre mon blouson en cuir et mes lunettes de soleil !

J'éclate de rire, avant de me dire que j'ai laissé ses affaires chez Ethan. Je prends un air encore plus sérieux que le sien, et je m'approche tout près de lui :

— Maintenant que tu n'es plus mort, il va falloir que je te présente à la famille, surtout !

53
Ethan

Une semaine, déjà, que la parenthèse normande s'est refermée. J'ai repris le travail, avec plaisir. Avec Belle, nous avons retrouvé notre maison et nos habitudes. Nos habitudes, mais avec quelque chose d'un peu différent quand même. Je suis revenu moins seul. Les murs et les meubles ne me rappellent plus le départ des habitants successifs de la maison, mais bien leur présence et leur existence, ailleurs. Les tisanes aux fruits me font penser à Lola qui a retrouvé son fiancé marseillais, les pierres blanches qui forment la bordure le long des clématites m'évoquent Charlotte et nos balades sur la plage d'Étretat, je regarde mes arbres différemment, je suis plus attentif aux odeurs, même Belle me rappelle nos moments dans le jardin du gîte. La vie reprend sa routine, avec un peu moins de nostalgie, et un peu plus d'envie. Je me réjouis de revoir ma fille. Elle est restée un peu plus longtemps que prévu dans la région de Nantes. Les discussions ont été âpres avec sa mère, mais elle devrait rentrer ce soir.

Il y a quand même une ombre au tableau. Une ombre un peu mystérieuse. Magali semble avoir pris ses distances avec moi. Le jour de notre retour, nous avons dîné tous les quatre, chez elle, dans le jardin, comme pour prolonger un peu ces jours de vacances. Une soirée agréable, au cours de laquelle nos mains se sont encore frôlées. Je les ai laissées ensuite entre elles, en famille, et je ne suis pas rentré tard. Depuis, nous nous croisons à peine. J'ai bien frappé une ou deux fois, mais elle était sur le départ, ou occupée (avec les filles, entre deux coups de fil, en plein ménage…). Elle n'a quant à elle rien laissé paraître de son désir de me revoir. Avant-hier, j'ai laissé le panier de fruits et légumes sur le seuil de sa porte, et je n'ai trouvé que le billet de dix euros dans ma boîte aux lettres, dans une enveloppe, sans un mot, et sans le traditionnel repas préparé auquel elle m'avait habitué. Je ne suis pas du genre à me formaliser, mais nous avons touché du doigt le début d'une relation qui s'annonçait pleine de promesses, et je ne comprends pas ce revirement silencieux.

Je suis dans ces pensées quand je vais relever mon courrier. Il y a une enveloppe un peu épaisse, et encore de la publicité, malgré le mot que j'ai collé sur la boîte aux lettres, et qui précise mon souhait d'en être dispensé. L'expéditeur est Agathe Delerre. L'enveloppe contient une carte, et des photos. Je me hâte de rentrer pour découvrir son contenu posément. L'attention me touche beaucoup. Magali disait vrai, cette jeune femme a de l'or dans l'objectif, elle nous a pris en photo les uns et les autres, sans que je m'en aperçoive, et les expressions sont remarquablement saisies. Il y en a plusieurs avec Lola et Charlotte, et une avec Magali, où nous donnons l'impression que nous sommes à deux doigts de rire. Il n'y en a pas de David, son sixième sens l'aurait-il informée de mes opinions sur le garçon ? Mais elle a joint plusieurs images du jardin et je lui en suis particulièrement reconnaissant. Sur l'une d'entre elles, je devine même la silhouette du chat qui m'a accompagné les deux derniers jours, dans chacun de mes déplacements. Son mot est bref et sympathique, elle a noté son adresse e-mail également. Je lui enverrai une carte postale du pont de Veigné plutôt qu'un message numérique.

Je regarde l'heure. Il n'est pas trop tard, et je trouve que ces photos sont un bon prétexte pour aller sonner chez Magali. Et cette fois, si je perçois une nouvelle excuse, je lui poserai franchement la question.

Sa voiture est là, les fenêtres sont ouvertes, je n'entends rien de particulier mais tout prouve qu'elle est là, et ce n'est pas une heure où on part faire des courses. Je sonne, mon enveloppe à la main, et je recule, au cas où la famille serait à l'étage, pour qu'elles puissent voir qui est là en regardant par la fenêtre. C'est Juliette qui vient m'ouvrir, après une course qu'elle a apparemment gagnée contre sa cadette, qui fait son apparition juste après, en manquant de tomber après une glissade sur le carrelage.

— Ça va Ethan ?

— Super. Et vous les filles ?

— Super aussi ! Maman est dans le jardin, viens !

Elles remontent à l'étage avec le même empressement qu'elles ont eu à en descendre et elles disparaissent. Je traverse le salon et j'arrive sur la terrasse. Magali est là en effet, assise, les coudes sur la table et les yeux dans les arbres. Je signale ma présence en prononçant son prénom, elle se lève brusquement, et se cogne même dans la table ce faisant.

— Je t'ai fait peur, pardon. J'ai sonné, les filles m'ont ouvert.

— Je n'ai pas entendu. Tu as besoin de quelque chose ?

— Je suis juste passé comme ça.

Je lui montre l'enveloppe.

— Agathe m'a envoyé des photos. Je me suis dit que tu aimerais les voir ?

Elle regarde l'enveloppe, elle a l'air si sérieux. Je vois bien qu'elle fait un effort pour ne pas me renvoyer chez moi, mais je ne lui faciliterai pas la tâche en partant de moi-même. Je veux qu'elle m'explique ce qui se passe, ou qu'elle me dise que je me suis trompé en imaginant d'autres moments avec elle.

— Je suis fatiguée ce soir.

— Tu veux passer demain ? Avec les filles ? Charlotte arrive dans l'après-midi.

— Je ne sais pas trop…

C'est le moment. Jusqu'à présent, quand les choses m'échappaient, je les laissais filer. Je ne suis pas du genre à essayer de déjouer les énigmes, ou à percer les mystères d'autrui. Cette scène se serait produite il y a quelques semaines, j'aurais souhaité une bonne soirée à Magali, et je serais rentré chez moi. Mais cela fait partie des détails qui ont changé, je n'ai plus envie de repartir sans avoir essayé de comprendre :

— Si tu ne veux plus me voir, tu n'as qu'à me le dire Magali. Tout peut redevenir comme avant… Avant cette semaine, avant ce que nous avons effleuré tous les deux, chez Sarah, et puis dans la voiture au retour…

— Ce n'est pas ça Ethan.

Je m'approche un peu d'elle, elle n'a pas l'air dans son assiette, j'ai l'impression qu'elle a pleuré. Elle redresse la tête un peu plus quand je suis tout près d'elle. Ce mouvement m'arrête.

— Tu peux venir demain après le déjeuner ?

— Oui, bien sûr.

— Alors je t'attends pour le café.

Je hoche la tête. J'aurais envie de l'embrasser pour lui souhaiter une bonne nuit, mais je me retiens. Elle m'accompagne jusqu'à la porte et quand je traverse le chemin, elle ajoute :

— N'oublie pas de rapporter les photos !

Elle dit ces mots d'une voix enjouée, qui lui ressemble, cette fois. Je rentre chez moi un peu perplexe, mais assez content. Je ne suis pas plus avancé pour le moment, mais demain, j'en saurai plus.

Je me réveille tôt. Beaucoup trop tôt. Plutôt que de tourner en rond dans la maison en attendant qu'il soit l'heure d'aller voir Magali, je vais chercher mon vélo et je décide de tester ses nouveaux pneus. Charlotte m'a confirmé son arrivée pour le dîner, et je lui ai dit que nous irions manger au bord de l'Indre, à Montbazon certainement, nous choisirons ensemble. Elle a des choses à m'annoncer elle aussi, qui concernent son avenir, m'a-t-elle dit. Laurence ne m'a pas appelé, c'est qu'il ne doit s'agir que de projets raisonnables.

Je pars sans idée de trajet en tête, j'ai envie de rouler et de me vider la tête. Je prends la direction de Montbazon, je continue par le château d'Artigny et par le domaine de Candé, à Monts. J'ai toujours aimé les belles bâtisses, j'aime m'arrêter et les regarder de loin. Ce circuit est préservé des grands axes, j'entends les voitures arriver de loin et je profite de la campagne sans me soucier des dangers de la circulation. Être passé à Artigny me rappelle que Lola et Charlotte ont visité les châteaux de la Loire sans moi ; Chenonceaux, Amboise, Chinon, Langeais, et même Azay-le-Rideau. Il n'y a qu'à Villandry que j'ai réussi à les emmener, grâce aux jardins Renaissance. Pour tous les autres, l'une et l'autre m'ont toujours dit que les visites scolaires leur avaient suffi, à mon grand dam. Je surveille l'heure, je me suis laissé conduire par les paysages et je me suis éloigné plus que ce que j'avais prévu. Il est temps que je rentre.

Je suis pile à l'heure. Je pense que je vais payer demain mon coup de pédale du retour, mais je suis à l'heure. Dans mon empressement, j'ai oublié l'enveloppe de photos qui m'avait servi de prétexte la veille, mais ce n'est pas le sujet qui va nous occuper, je le pressens, et je ne retourne pas la chercher. J'entends :

« C'est ouvert ! » à travers une fenêtre ouverte, et je pousse la porte. J'aperçois la petite famille au complet sur la terrasse. Au complet, car je reconnais la mère de Magali également. Sophie et Juliette me lancent un bonjour et se replongent dans leurs jeux de jardin. Elles semblent en train de préparer une décoction à partir d'herbes séchées, de terre et de caillou, et deux poupées sont installées de part et d'autre de la marmite Tupperware en guise de goûteuses. Je salue la mère de Magali et je m'assieds en face d'elle.

— Comment allez-vous ?

— Beaucoup mieux depuis que je suis rentrée, merci ! Les gens ont beau être adorables, je n'ai jamais trouvé les hôpitaux très fréquentables quand on est obligé d'y dormir !

Elle me raconte son séjour, son transfert dans le centre de rééducation. Je ne la connais pas bien, je découvre son sens de l'humour vif et son autodérision. Magali reste silencieuse, puis elle se lève et revient avec trois tasses de café.

— Je vais aller m'allonger un peu les enfants. Y aller doucement, qu'ils m'ont dit, comme si je pouvais aller vite !

Elle se lève prudemment, pose une main sur les épaules de sa fille en passant derrière elle, sans que je puisse dire si c'est pour se soutenir ou pour lui marquer un signe d'attention, comme un encouragement. Je lui dis au revoir d'un hochement de tête et je me retrouve seul à table avec Magali.

— Elle n'a même pas bu son café.

— Elle n'en boit plus, c'est moi qui plane.

— J'ai oublié les photos.

— C'est pas grave.

Elle regarde ses filles, comme si elle prenait son élan avant de parler. Je me retiens de prononcer un seul mot, de crainte de l'interrompre.

— J'ai bien aimé, commence-t-elle, ce que tu as dit hier, en parlant de nous deux la semaine dernière. Tu as dit que nous avions effleuré quelque chose…

Je ne me rappelle pas mes propres mots, mais je suis d'accord avec l'idée. Elle s'est détournée de l'image de ses filles, mais elle ne me regarde toujours pas.

— Nous avons frôlé le début d'une relation, Ethan. Nous étions en vacances, tout était facile, ça semblait simple. Mais je suis contente que cela ne soit pas allé plus loin qu'un innocent jeu de séduction.

Je ne dis rien mais je croise enfin son regard, et elle doit lire l'étonnement dans le mien, l'étonnement et la déception. Elle se penche sur la table, pose ses coudes et poursuit de sa voix douce et toujours aussi légère :

— Je suis contente que cela ne soit pas allé plus loin avant la conversation que nous sommes en train d'avoir. Parce que tu vois, depuis les vacances, maman est rentrée, Juliette a été malade, je suis passée en horaires de jour parce que mes congés ne m'ont pas été accordés tout de suite, je ne sais pas trop comment je vais me débrouiller pour la suite, le père des filles m'a fait savoir qu'il ne pourrait plus participer aux frais de leur éducation, et je n'ai même pas eu le temps d'aller les inscrire aux activités de la rentrée…

— Je ne comprends pas où tu veux en venir.

— Je veux dire que ma vie… Je suis heureuse, j'aime ma vie, mais ce n'est pas une vie simple. Je suis une maman qui élève seule ses filles. Maintenant, je dois faire attention à ma propre mère, et la ménager. Je cours après le temps chaque jour, je dois être disponible et en forme pour ma famille.

— Je ne comprends toujours pas…

— Ta fille est grande, ta sœur, que tu as élevée, a sa vie, ton travail est stable, tu n'as pas idée du tourbillon dans lequel j'évolue toute l'année. Je n'ai pas envie de voler du temps à ma famille pour… pour une histoire qui, peut-être, ne nous mènera à rien, et ne fera qu'apporter de la gêne dans une relation de bon voisinage qui roule jusqu'à présent.

Je la sens émue, je laisse quelques secondes passer avant de lui répondre. Je me retiens de lui prendre les mains, je la sens sur la défensive.

— Magali, j'ai vécu seul avec ma sœur, puis avec ma fille, pendant des années. Je sais ce que c'est de jongler et d'avoir les yeux sur la montre et sur le calendrier tout le temps. Je n'ai pas envie de te voler à qui que ce soit, et je pourrais même te rendre la vie un peu plus simple, non ? Justement parce que j'ai plus de temps désormais, et aussi parce que je crois que je fais moins peur à Sophie et Juliette maintenant !

Je l'ai fait rire. Je crois que c'est la première fois. Elle a les yeux qui brillent, je ne sais pas si c'est du soulagement ou des larmes.

— Je ne t'ai jamais entendu faire une phrase aussi longue, dis donc !

— C'est parce que toi, tu as commencé à m'aider ! C'est mon tour.

Elle sourit, les larmes n'ont pas coulé.

— Alors va chercher tes photos, et reviens passer l'après-midi avec nous.

54

Lola

Margot et Carole sont déjà reparties. Les réserves que j'avais quand elles m'ont annoncé leur venue ont vite volé en éclats. Elles m'ont rappelé combien notre amitié était une source intarissable d'énergie et de réconfort pour les unes et les autres.

Nos conversations ont vite tourné aux souvenirs communs, Antonin a tenu une journée avant d'appeler des amis en renfort pour ajouter un peu de mixité à nos soirées. En journée, nous le laissions tranquille. J'ai fait visiter les quartiers que je commence à connaître à mes anciennes colocataires. Nous sommes allées nous prélasser sur la terrasse du café du Mucem, nous sommes montées à pied voir la Bonne-Mère, avons arpenté le Panier, exploré le quartier de la Belle-de-Mai, et léché les vitrines de la rue Férréol. Le dernier jour, avant qu'elles repartent, je les ai conduites à la calanque de Niolon. Nous avons pris le train de la côte bleue, qui longe la côte en révélant plusieurs calanques, et qui s'arrête juste en haut du port. Antonin avait besoin de sortir de l'appartement, il s'est joint à nous, et il nous a attendues sur ce petit port que nous aimons tant, tandis que je leur faisais découvrir la plage. L'accès est un peu raide, et ses jambes ne sont pas suffisamment rétablies pour ce genre d'escapade. En sortant de la baignade, les filles m'ont confié que Julia, ma « remplaçante » dans la maison, avait quitté les lieux brusquement. Elles s'étaient donc mises à jouer les recruteuses de colocataire, ce qui était plutôt amusant, mais beaucoup plus compliqué qu'elles ne l'avaient imaginé.

— Vous avez besoin de trouver rapidement ?

— Bah, il faudrait pas trop que ça traîne, on peut se partager ta part de loyer un mois ou deux, mais au-delà, c'est tendu.

— T'es sûre que tu veux rester là ? a demandé Margot, en faisant la moue tout en désignant l'eau turquoise, le ciel bleu, et la végétation de la calanque.

— D'après toi ? Mais par contre, j'ai peut-être une idée… pour la maison…

Il faut que je creuse le sujet. Je leur ai promis de leur donner des nouvelles sous trois jours. Et il faut que j'attende que Charlotte ait parlé à mon frère.

En attendant, l'appartement est à nous, je me dépêche de rentrer chez nous pour retrouver Antonin. Il s'est bien entendu avec mes amies, il les a trouvées drôles et sympathiques, mais aussi épuisantes, à ne jamais s'arrêter. Tandis que moi, leur énergie à flux constant m'a tout à fait réveillée et sortie de ma torpeur des semaines précédentes. Elle a chassé mes frayeurs et a posé ma respiration. J'ai compris aussi que la hâte qu'elles avaient eu à venir n'avait rien à voir avec une envie précipitée de Méditerranée, ou l'opportunité de profiter d'un dernier week-end avant le mois de septembre. Elles ont tordu toutes les deux leur agenda et rompu des engagements pour descendre me voir. Notre amitié aurait tenu le coup, malgré ce mois d'août, si elles n'étaient pas venues me voir, mais ce week-end de trois jours a scellé son intensité. Nous avions besoin de partager un moment fort et entier, avant de vivre loin les unes des autres, jusqu'à la prochaine fois.

Je mets la clé dans la serrure et j'entre sans faire de bruit. L'appartement est étrangement silencieux. Dans notre chambre, Antonin s'est endormi.

Épilogue

Deux ans plus tard.

La pièce est tout en longueur. Elle est protégée par quatre murs de larges et robustes pierres. À l'une de ses extrémités, une cheminée abrite un feu qui éclaire d'une douce chaleur le coin salon. Un canapé et des fauteuils de formes et de couleurs différentes, mais tous confortables et moelleux. Il y a une grande baie vitrée, à travers laquelle on peut admirer le terrain. Il est encore un peu jeune, mais on devine déjà les arbres qui vont pousser et porter, dans les saisons à venir, des fruits de toutes sortes ; des pommes, des poires, des cerises, des noisettes, pour ne citer que ceux-là. À l'opposé de la cheminée se dresse jusqu'au plafond un généreux sapin. Il est décoré de boules scintillantes, de figures en pâte à sel, et de papiers de couleur découpés dans toutes les formes imaginables, parfois un peu abstraites… Belle s'est installée là, au milieu de quelques paquets qui attendent encore d'être ouverts.

Charlotte fait des allers-retours entre la cuisine que l'on devine derrière l'arbre de Noël, séparée de la pièce principale par un bar sculpté dans le mur d'origine. Elle rapporte des assiettes, des verres et des couverts, des bougies, des serviettes, des oranges découpées, qu'elle pose sur le long buffet qui a été installé ce matin. La table ronde habituelle, même avec ses deux rallonges, ne suffisait pas pour installer la fête qui se prépare pour ce soir. D'anciennes portes en bois massif ont été sorties de la grange, et posées sur des tréteaux, puis recouvertes de nappes de couleurs différentes elles aussi. Nicolas, le nouveau petit ami de Charlotte, dispose la vaisselle conformément aux instructions qu'elle lui communique. Elle l'a rencontré à Paris, au cours d'une fête qu'elle organisait pour son travail. Quand elle est rentrée de Nantes, elle a annoncé qu'elle préférait travailler avant de commencer ses études. Elle ne savait pas du tout quoi faire, et elle s'était dit que le projet allait mûrir quand elle aurait retroussé ses manches. Elle a commencé par standardiste, en CDD, un remplacement de congé maternité dans une société en développement dans le secteur de l'événementiel. Elle y est toujours aujourd'hui. Elle ne sait toujours pas ce qu'elle veut faire comme études, mais elle se plaît bien dans la maison du 19e arrondissement qu'elle partage à son tour avec Margot et Carole.

Lola est arrivée hier en train, avec Antonin. Elle est au milieu de sa formation et pas un jour ne passe sans qu'elle se réjouisse du choix qu'elle a fait. Elle est un peu loin de tout le monde, mais les résolutions tiennent depuis qu'elle est partie à Marseille ; la famille se retrouve au moins trois fois par an, les dates sont prises chaque année à cette époque, pour empêcher le temps qui passe, ou les imprévus, de prendre le pas sur ces retrouvailles.

Manelle a fait livrer des fleurs. Elle arrivera plus tard, avec Fred, et ses quatre enfants. À l'étage, une pièce a été spécialement conçue pour les plus jeunes. On y trouve absolument tout ce qu'il faut pour inventer toutes sortes d'aventures ; des jeux, des livres, un tableau noir et des craies de couleur, des costumes dans une grande malle… Sophie et Juliette n'en sortent quasiment jamais.

Il y a des invités d'honneur ce soir. Sarah et Jeff sont attendus. Des coupeurs de rubans en quelque sorte. Leur voiture vient d'arriver. Magali a dévalé l'escalier pour aller les accueillir, elle a même failli tomber dans son empressement. Elle attend cette visite depuis tellement longtemps. Elle et Ethan ont acheté cette bâtisse en état avancé de délabrement il y a un an et demi. Une allée de lilas en pleine floraison a eu raison de toutes les réserves quant à la nature et au montant des travaux à réaliser. Mais au terme de plusieurs mois de travail sans relâche, le résultat est là. Ethan a mis tous les artisans de sa connaissance sur le chantier, et il n'a pas ménagé sa peine. Six mois après le début des travaux, le rez-de-chaussée était habitable. Au bout d'un an, la dépendance en ruine au fond du jardin avait un nouveau plancher et un toit réalisé dans les règles de l'art. Les travaux de confort ont alors pu commencer.

Magali a quitté son travail à l'hôpital, elle s'est mise à son compte, avec deux autres collègues. Une activité libérale qui lui donne plus de liberté dans la gestion de son temps, et qui lui donnera la possibilité de s'investir dans la gestion du gîte dans de bonnes conditions. Dès que Sarah aura coupé le ruban d'inauguration qu'elle a tendu ce matin, bien sûr…

Malgré le coup de foudre pour l'endroit, Ethan a eu quelques réticences à se séparer de sa maison. Le projet ne tenait qu'à la condition qu'il soit financé par la vente de leurs deux habitations précédentes, et son cœur a fini par pencher du côté de l'avenir. Les lieux, même à l'abandon, avaient de multiples atouts, et ils sont à portée de vue du moulin de Veigné. Le changement n'était pas trop déracinant pour lui, et les lilas ont fait le reste.

Au vu du sourire qui irradie le visage de Magali, la visite du gîte a dû être concluante, et complètement approuvée par Sarah. Il commence à neiger, cela va être un très beau dernier jour de l'année.

À l'étage, à côté de la salle de jeux, il y a une salle de bains et quatre chambres. C'était une autre condition, une pour chaque enfant, Charlotte, Juliette, Sophie, et une pour Lola et Antonin. Ethan et Magali ont la leur au rez-de-chaussée, avec une salle de bains attenante. La suite parentale, comme aime à la présenter Magali. Elle ne croyait pas si bien dire. Ils n'avaient pas tout prévu. Je suis arrivée juste avant que le chauffage soit installé. Je vais avoir un an demain, un 1er janvier, c'est une bonne date, c'est facile pour s'en rappeler, plaisante Ethan, mon père.

C'est une drôle de famille que la mienne. J'ai trois sœurs qui m'ont adoptée dès mon arrivée, et une tante qui me couvre d'affection et de cadeaux à chaque fois qu'elle me voit. Je n'ai pas tout compris encore, mais c'est une famille qui fleurit plusieurs fois par an, dit ma mère.

Mon père vient de remettre une bûche dans la cheminée, il n'en dit rien, mais tout le monde sait que les quelques jours qui arrivent comptent beaucoup pour lui. Il s'est rasé, comme à chaque fois qu'il veut marquer un événement important, ou faire plaisir à maman.

Tout le monde vient de rentrer, se mettre au chaud. La neige qu'ils ont tous rapportée de dehors fond instantanément et forme de petites flaques à leurs pieds. Ça y est, ils parlent tous en même temps. Il n'y a que Belle qui sait se tenir, allongée près des paquets. Je vais m'endormir un peu, moi. J'ai l'impression que la soirée, tout comme la vie qui m'attend, ne va pas être de tout repos.

Remerciements

Mon premier roman est né il y a quelques années, d'une correspondance avec l'une de mes sœurs, partie vivre un temps à des milliers de kilomètres. Je lui envoyais quelques chapitres, elle me pressait d'inventer les suivants. Les personnages de *Demain, il fera beau* ont ainsi vécu leurs aventures en naviguant entre la Guadeloupe et la métropole. Pour ce cinquième roman, l'histoire s'est construite de la même manière, la distance en moins, accompagnée par l'enthousiasme et la curiosité de ma plus jeune lectrice sans doute, ma fille. Le plaisir que l'on procure au lecteur est un cadeau précieux et un moteur puissant. C'est la raison pour laquelle je veux remercier ici celles et ceux qui se sont glissés entre les pages de mes romans et qui m'ont fait un retour direct ou indirect de leur lecture.

Merci tout spécialement à toi, Marie-Hélène, d'avoir bravé les soubresauts d'un réseau internet capricieux, pour récupérer ce texte juste après le point final posé, et pour m'avoir appelée vingt-quatre heures plus tard, en me disant que tu l'avais lu d'une traite.

Merci, la famille et les amis, de toujours d'être là, proches ou lointains, de tenir chaud, et de me faire trouver la vie belle, encore et encore.
Merci, City Éditions d'avoir publié mes romans. Cette aventure incroyable me fait chaque année rencontrer de nouveaux sourires, ceux des lecteurs, mais aussi ceux de talentueux auteurs.

CÉLINE ROUILLÉ
Demain, il fera beau...
ROMAN
City

CÉLINE ROUILLÉ
Demain n'attend pas
ROMAN
DERRIÈRE LES COUPS DURS DE LA VIE, IL Y A TOUJOURS DES BONHEURS INSOUPÇONNÉS...
City

POUR CHANGER DE VIE, IL FAUT PARFOIS JUSTE UN PETIT COUP DE POUCE DU DESTIN
Il suffira d'un signe...
ROMAN
City
CÉLINE ROUILLÉ

L'AMITIÉ VAUT BIEN UNE PROMESSE...
On s'était donné rendez-vous...
ROMAN
City
CÉLINE ROUILLÉ

CÉLINE ROUILLÉ

Demain, il fera beau...

Depuis longtemps, Sarah rêve d'ouvrir un gîte en Normandie. Un jour, à quarante ans, elle saute le pas et décide de s'installer en famille près d'Etretat, entre mer et campagne. En famille ?

Un délicieux roman sur les secondes chances de la vie.

Demain n'attend pas

Cela fait cinq ans que Sarah a tout quitté pour réaliser son rêve : ouvrir une maison d'hôtes sur la côte normande. Depuis, elle savoure chaque instant de sa vie. Alors, quand une menace risque de tout remettre en question, elle remonte ses manches pour protéger son havre de paix.

La vie, ses coups durs et, surtout, ses bonheurs : un roman à savourer !

Il suffira d'un signe...

À trente ans passés, Jeanne vit surtout sa vie par procuration. En allant à son travail chaque matin, elle invente des histoires mettant en scène les inconnus qu'elle croise dans le métro, entre Belleville et Opéra. Enfermée dans un quotidien trop réglé et organisé, ses rares amis lui affirment qu'elle passe à côté du bonheur.

Pour que la vie change, il faut parfois juste un coup de pouce du destin.

On s'était donné rendez-vous...

Adolescents, Valentine et Benjamin s'étaient fait la promesse de ne pas laisser le temps ternir leur amitié. Dix ans plus tard, alors qu'elle est sur le point de se marier, Valentine part à la recherche de cet ami perdu de vue.

La vie est toujours pleine de promesses.

Achevé d'imprimer en août 2021
sur les presses de la Nouvelle Imprimerie Laballery
58500 Clamecy
Numéro d'impression : 107225

Imprimé en France

La Nouvelle Imprimerie Laballery est titulaire de la marque Imprim'Vert®